U0106857

香港文化記憶

羅琅 著

楊健思　編校

鑪峰文友賀劉以鬯先生百歲壽辰（2017）

羅琅與鑪峰友人賀劉以鬯先生百歲壽辰（2017）

歐陽乃霑與羅琅

目錄

讀柳木下詩札記系列

一、抗戰時期的詩篇

據我所知，柳木下活了 84 歲，寫了許多詩篇，印成集子的只有出版於 1957 年的《海天集》。共收短詩 48 首，這些詩最短的如《春夜即事》（1937 年）只有四行，最長的也不過二十多行。

他曾說有時為了斟酌一詞一字，花了不少時間。有些發表的詩，為了應付生活經常「手緊」，六十年代葉靈鳳先生叫他再作修改，給他發表，以濟燃眉之急。

他在《海天集》的後記中說：「當書店答應可以替我出版一本詩集時，我把歷年所寫的詩加以整理。經過一番選擇之後，認為比較有意義的共得 50 首，而且都是行數不多的抒情詩。二十年歲月，收穫只有這麼一點點，說來實在汗顏。」又說此集是他「聊以紀念香港，及個人生活上的若干遭遇」。

從上面的說法，他把二十年的詩作編選為《海天集》，只有 48 首這麼少，割愛的自然很多。詩集中編選次序以寫作日期先後排列，好處是令我們知道作品有紀年順序，遺憾的是未將內容歸類，因此讀者想知道他《後記》所說「生活上的若干遭遇」就得東翻西找一番。我閱畢全冊作品後，粗略可把它依性質歸納為下列幾類，即「抗日態度」、「愛情憧憬」、「鄉梓親情」、「都市見聞」、「光明嚮往」及「土地記憶」等等。

柳木下選詩有自己一把尺度，自然離不開內容較有意義、描繪生活上遭遇、行數不多的小詩。不過他的詩，絕無激情的口號式句子，有的是平淡中蘊含意境。讀者須從文本結合當時的歷史背景，才能揣摩體會詩中的暗示。他往往先描寫實景、實事，再引出警句，讓人去思考，而在結句顯出其主題。

《海天集》引用了 T· S· 愛略特的話為「代序」：

> 一個民族的詩從民族的語言汲取生命，回頭又把新生命注入語言；詩代表民族最高的心靈境界最大力量，和靈敏的感覺。

他的詩言簡意賅，具有民族語言的傳統，很少洋腔洋調，或當時流行的新文藝腔。文字通暢易懂，在某些用詞上經過特別安排，以達到畫龍點睛的作用，令人領會到他所要表現的意蘊。

1932 年，柳木下考進上海復旦（一說是「大夏」）大學讀書，1933 年曾向香港《紅豆》月刊投稿。

1931 年「九一八」事變，日本帝國主義佔領東三省，接着步步進逼，1932 年爆發「一二八」淞滬戰爭……，全國掀起反對日本侵略浪潮，柳木下雖不以慷慨激昂的姿態出現，但他卻在好幾首詩中表示他對時局的關懷和沉重的心情，也看到群眾集會抗日力量的高漲。

1936 年，他從大學畢業後返廣州，寫了《群眾》一詩：

無數的頭，
攢動在陽光下，
無數的聲音，
匯集在空中，
啊啊，不知誰是誰呀。
……
在廣場上，
群眾立着，
靜時像一叢海藻。
動時像一群獅子。

不相識的一群人，萬頭攢動，聚集在廣場，眾聲匯集在空中，聲勢浩大。但靜的時候像海藻，海藻在海中是隨着波浪而湧動的，沒有沖擊的力量。若人群像獅子動起來，獅吼震天動地，會讓敵人喪膽。全詩最後兩行都用句號，就是告訴侵略者，中國人會作獅子吼，制敵於死命，欺負不得。

1938 年，他寫了《遠方的風》和《別廣州》兩詩。請看《遠方的風》：

風從遠方來，
穿過漠野，
穿過隴陌，
在我的露台上，
驚動風茁草。

我起立，坐着，
坐着又起立，
又默默地望着遠天，
諦聽風群的呼嘯。
——你為甚麼這樣不安？
——那是遠方的風啊！

風有東、南，西、北方向，詩中的風不是季候轉變而吹來的，而是從「遠方」，經過「漠野」、「隴陌」而到達南大門的廣州。沙漠在我國西北部，而隴陌也不能理解為隴畝之陌上，應是指甘肅、歸綏一帶，古稱隴西，武則天的故鄉。當年正是「西安事變」不久，日本帝國主義瘋狂進攻華北隴海鐵路一帶國土，汪精衛叛國投敵做漢奸，詩中的「遠方的風」指的應是北國戰事的消息。又把他自己喻為風莒草，風吹而草偃，表示不安，所以坐着，起立坐着。是這種精神狀態的動作反應，唯有默默望向遠天，諦聽風群（各種消息）頻傳。他的不安是因來自遠方的消息。

1937 年西安事變，七七蘆溝橋事變，促成舉國全面抗日，其間就發生南京保衛戰、淞滬會戰、武漢會戰、日寇佔南京屠殺我三十萬同胞、武漢淪陷，廣州告急，保衛廣州口號震天價響，激發民眾，詩人寫了六行短詩《別廣州》：

城市寂如廢墟，
十室九空，
小巷闃無人跡。

行見故宅瞬成狼虎之居，
我與友人遠去，

聽沉重的下鎖聲。

前三行寫出廣州市民為避日寇的蹂躪而避禍，日本鬼子每佔一地，通常三五天或十數天，任由獸軍成群結隊，姦淫擄掠，強佔民居大宅巨廈為軍營，搜掠財物，抓壯丁，拆屋樑修築工事。如南京反抗激烈，便濫殺百姓。柳詩人既不是抗敵分子，他也不願與狼虎為伍，只好南下香港英國人統治的地方避難。整首詩中有「瞬成狼虎之居」，「聽沉重的下鎖聲」，狼虎自然是指日寇，而聽到下鎖聲的沉重。其實下鎖有甚麼沉重呢，沉重的是他當時的心情，他不想離開廣州，但不得不被迫離開。

《海天集》收入他在1939年所寫的詩作，在香港時寫的詩約有23首，大多是抒情詩。表示其心情憤懣的只有一首《手》，是他忍無可忍下的心情發洩：

鄰居的老媽媽，

常常舉起她那松枝似的手，

劃着十字，

低頭祈禱：

——主啊，主啊！……

我也舉起手，

像鄰居的老媽媽；
但緊緊地，
我將它屈成拳頭，
而且像一個擲彈兵！
我擲出，
擲出我的憤懣。

在這首詩中，所描寫的對象是鄰居的「老媽媽」，劃十向上帝祈禱，必定是為兒女，要不是為兒女就可以寫成老婆婆、老婦人、老嫗、老太太……。從她的祈禱，我們可能意會到他的兒女在外生死未卜，或已戰死沙場，那麼祈禱是為求「主」的憐憫，讓他平安歸來，或魂歸天國，與主同在。

作者必然知道鄰居祈禱的目的，是在無助中，祈求上帝的救助，作者學老媽媽的舉動，卻不祈求神靈，用五指緊屈成拳，像戰場上的士兵，要把手榴彈擲向敵人似，擲出心中的憤懣。這是柳木下對國事蜩螗，心中感到不安、沉重，而要化悲憤為力量，為不幸的老媽媽報仇。他用「松枝似的」形容老媽媽的手，四個字看出她是一位勞動婦女，不是生活豐裕養尊處優的人，更令人同情。

1942 年，柳木下到上海工作，1945 年日本侵略者無條件投降，三個月後，即 11 月，他寫了《今天》一詩：

今天我對我的朋友笑，
今天惡棍的惡貫已滿盈。

堅貞的信念曾抵抗過霜寒，
我們的忍受，並非徒然。

有些人在苦難的關頭折節，
還自詡聰明，善能應變。

今天正義的大流洶湧翻騰，
那些無恥的人將永遠在水底沉湮。

1945 年 11 月上海

這首詩直截了當，不用隱喻、暗示，而說今天罪惡滿盈的惡棍只能跋扈於一時，只有堅持信念忍受霜寒的人終有了笑聲。在那嚴峻的歲月裏，有些人經不起苦難而折節，以為聰明善變的無恥之輩將沉沒水底。柳木下雖不是戰士，也不是英雄，他對他英雄的朋友發出高興的笑聲。

柳木下的詩很少用上詩般表達的句子，不是陳智德所言「筆鋒冷靜，情感制約，富於暗示」。但也有例外，看在甚麼環境甚麼情況所寫而已。

1946年，他寫《羅浮山邊》，這首詩沒有收入《海天集》中，1986年2月香港《秋螢》詩刊第26期轉載：

羅浮山邊樹青青，
果子曾引少年去攀緣；
那裏有幽蘭和茉莉，
花開的時節，少女們愛戴佩。

許多少年征戰死，
少女含羞伴黃泥，
像是昨夜有過一場暴風雨，
青果墜地，落花辭故枝。

（註：一場暴風雨指長達八年的抗日戰爭）

1946年寫於上海

記得戰後翌年，我再入學讀書，音樂老師教我們唱一首抒寫羅浮山的歌。內容描繪羅浮山風景清幽，日本鬼子來後，羅浮山便變得荒蕪。相隔六十年，歌詞都記不起來了，但羅浮山經戰爭摧殘則記憶未忘。柳木下上面這首詩，寫羅浮山青翠綠，幽蘭茉莉，果子成熟，引來少年攀緣。為少女戴上花兒，但多少少年為征戰而死，少女失郎，伴着黃泥懷念。

經過八年抗戰的暴風雨、死者如青果墜地，落花辭故枝。詩人對戰爭的殘酷表示深深的無奈。少年喪失寶貴的生命，少女失去愛侶，只好含羞面對黃土哀傷。還有甚麼心情去戴幽蘭茉莉呢？這首詩記下了當時歷史面貌，充滿作者的同情。

從上面幾首詩中，反映柳木下對八年抗戰的態度和體驗，他看到群眾的力量，他聽到遠方的風而坐立不安，他懷着沉重心情離開廣州，但在困境時並沒有喪失他的意志和理念，最後得到勝利的歡樂，看到那些識時務者而變節的可恥下場。柳木下的思想是在血的教訓下逐漸覺醒進步的。但他不是呼號者、點火者，不是戰場上的戰士，他只是一位有良知，可能又怕事的知識分子，有堅貞信念抵抗霜寒，忍受橫逆的愛國者。他是對生命的愛護者，雖無轟轟烈烈的舉動，卻無對不起自己和國家的行為。詩人半生坎坷，比那些自詡有學問卻無脊樑者，柳木下在我看來是個有學問的真正詩人，亦有他軟弱的性格，又不像現在一些以詩人招搖過市，追逐名利，夢想汽水蓋的，或肉麻當有趣，專捧高官巨富以表積極。柳木下則像一株白楊樹在灌木林裏。

2006 年《文學研究》冬季號

二、柳木下的都市感悟

柳木下一生住過好幾個地方，除幼年在故鄉外，住過廣州、香港、上海，也去過日本。上海與日本是他求學的地方，香港住的時間最長，也終老在香港。他的唯一詩集《海天集》共收詩 48 首，其中在香港寫作共有 35 首。廣州、上海分別為五及六首……。

寫城市景物引發沉思人生的短詩有數首，文字精練，因景抒懷，隱含哲理，頗堪咀嚼。

他的《大衣》一詩，寫於 1935 年冬天上海，斯時他正在大學讀書，上街遇着落雪。他寫道：

天下雪呀，
街樹和屋頂都披着皚皚的衣裳。

隔着一層玻璃，
我望着飾櫃裏的大衣，
大衣也望着我。

「沒有體温你冷嗎？」我說。
「沒有大衣你冷嗎？」大衣說。

我熱愛着大衣
大衣也熱愛着我。

「大衣是為甚麼而製的？」我想。
「大衣是為甚麼而製的？」大衣想。

天下雪呀，
雪花飛來向我揶揄，
我走向北四川路橋。

大衣是為甚麼而製的？

詩第一節用二、三、四行，第二節用二、三、一行，結句用「大衣為甚麼而製？」的疑問結尾，結構正如古人所說，要須收縱聯密用事，合題意思全在結句，斯可絕妙。

下雪天他在路上看玻璃飾櫃中的大衣，他望着大衣，而想到寒凍熱血人類需加衣保暖，把大衣人性化，問它冷嗎？大衣則反問無穿大衣保暖覺冷嗎？把物非所用，物未盡其用，用對話表達出來，冷者愛着大衣，大衣也想盡其被造功能，能為需要者受用。但奇怪的是人與大衣都不知大衣為甚麼而製。

雪花落在詩人身上，他感到是對他嘲弄，他走向北四川路橋，腦子中不斷在發問，現實的物非所用。説穿了就是他買不起大衣穿，他沒寫出來，讓讀者自己去想，去解答。詩人用極其平和的想像去寫社會上早已存在的問題。唐朝詩人杜甫詩「朱門酒肉臭，路有凍死骨」從飢寒描繪社會現實，柳木下的「大衣」也涉及寒凍；雪花向窮者揶揄，沒有直斥世道不公，當年詩人還可以讀大學，頂多是窮學生，但憐憫窮者，遭遇的現象是相同的。只是沒有杜詩控訴口吻那般震撼心靈。

作者寫樹上、屋頂的積雪形容為它們披着皚皚的衣裳，極為形象和寫實，藝術的構思極佳，比喻貼切突出是詩的語言和充滿哲理。

1938 年，柳木下離開日本返故鄉後來香港，見到城市大廈林立，設備新穎，許多鋼筋水泥外用花崗石裝飾的建築物寫《大廈》説：

在你的花崗石的立體邊旁，
我是一個鄉村少年。

我舉首仰望……
窗子、窗子、窗子、窗子……

窗子，

你是大廈的眼睛和呼吸器官。

在窗子裏面，

孵伏着許多商業計劃。

橫過海，

窗子望遠方。

窗子，你望着甚麼呢？

（是我的家鄉嗎）

這是它的回答：

……紐約和倫敦。

他自認是個鄉村少年，他對用花崗石建的大廈設計驚奇，向上望，見到的是窗子疊着窗子，一連用四個「窗子」另加……。把窗子比喻一層一層的棲高上去，雖然字面寫了四個「窗子」，實際大廈不止四層高，就用簡省的……「點」符號代表。給人意境和想像。又説窗子是大廈的眼睛和呼吸器官。亦把大廈人性化，而説它望向遠方，問是否望着（是我的故鄉嗎），他的故鄉是維多利亞港北岸遠去的廣東興寧，當年離開家鄉不久，而淪陷敵人鐵蹄下幻想大廈像他一樣想着到故鄉的近況。而忘記窗子裏面，孵伏着許多商業計劃，最後得到窗子的回答是——紐約和倫敦——遙遠的大西洋、太平洋彼岸的大都會，才是香港窗子所望的，但這也許對詩人有點失望。大廈不望他故鄉，看出他念着敵人下的老家感情。

香港許多大廈，為了應付人流，採用如交通規則意念，入口設立旋轉門，由左邊進，右邊出，起分流作用，又可防止空調冷、暖氣流走。1940 年，柳木下寫《旋轉門》乙詩：

鬧市的中央，
旅舍的入口，
旋轉門旋轉着，
晝、夜、沒有休止。
可愛、玄秘、又幽深，
生和死正在進行，
那裏有塵世的逸樂，
和一切的煩憂。

你要進去嗎？

請循着旋轉門，

它旋轉着，

晝、夜，沒有休止。

現在香港大廈用旋轉門，已很普遍了，但上世紀四十年代就只有不多的新式大廈才有這設備。如舊匯豐銀行、九龍半島酒店……等地方。旋轉門把進出的人分流不使進出碰頭，進去依着時針方向，出來也是時針方向，令人看到兩個不同的環境。當你第一步進這門就不能回轉，要出來也得走完進的途程，不想停留隨旋轉門設定軌跡才能回返起步點。詩中旋轉門地點在鬧市中央、旅舍入口。旅舍古人稱逆旅，人生在世如過客，逆旅給你只是歇腳住宿，並非永遠的家。令人想到李白的話：生者為過客，死者為歸人。

中間一節四行指旋轉門可愛，玄秘，又幽深。可愛是門的設計，門內有塵世的逸樂，和一切煩憂。至於玄秘可能關於生和死的隱喻，幽深是輪迴眾生輾轉於六道中的學問，即如車輪之循環不息。旋轉門就是這意象，使人想到生命的課題，死生之虛誕，他不理旋轉門的功能；而是進入人生哲思沉想。

1954 年，柳詩人寫香港與九龍渡海碼頭見聞，引起他疑問是誰的意旨，使四面八方的人聚集在碼頭，待去彼岸。他作《渡海碼頭一瞥》如下：

愛者在等待他的愛侶，

母親在惦念她的嬰孩，

他們都用沉默來鞭策駑鈍的時間，

或是舉目眺望，或是抽着煙捲。

俄而渡輪靠岸了，

碼頭發出一陣劇烈震動，

於是候船的人感對一陣輕快，

彷彿果樹落下纍纍的果實。

啊，是誰的意志，

使這些來自四方的人暫時聚集在這裏。

待到了彼岸，

他們裏面有些人也許就永遠分離，

永遠不能再有這樣的機遇，

雖然對於這個不再的機緣，

他們還是不知不覺。

這首詩分兩節，每節七行，是柳木下喜歡的寫法，第一節敘事，第二節入主題。第一節是碼頭搭客在等船時的心情，戀愛中的他等待愛侶，心急異常。母親在碼頭惦記她家中的嬰孩，是否飢餓有否不舒服……等等令她懸掛惦念；前者心急與愛侶的約定，後者心急如焚小心肝在家中的情況。「他們都用沉默來鞭策駑鈍的時間」，時間是不論日夜依着自然運轉，但用駑鈍形容才能卑下的「時間」，又用「沉默鞭策」時間，真有神來之筆，把時間形象化、生動化。又用舉目望，「抽着煙捲」寫候船人的焦急等待的舉動。用「俄而」描寫船靠岸、船撞頭碼頭的震動，令候船人終於等到船來了的喜悅。像果樹跌下果實般活躍起來代替結果。這些來自四方的人暫聚集在碼頭都是為了一個目的——到達彼岸。

每個人心中的等待和牽掛上岸，各散東西和奔目的地，有的可能永遠分離，不再有機遇一起，他們在不知不覺中，沒有思索在一起的機緣難得，敏感的詩人卻疑問：「啊，是誰的意旨？」而體會人生聚散的無常，不同等船的搭客，上了彼岸就不想難得的機緣。事雖平凡，含意則頗深。

讀柳木下這些詩，使人知道當年他對物非所用的疑惑，觸及他買不起大衣來保暖。他作為一個鄉村少年，驚異大廈高聳的窗子像人的眼睛及呼吸器官，背北橫海以為同他一樣想望故鄉——是身在香港心思故鄉情懷。見到旅舍旋轉門，令他想到生死正在不斷旋轉，而碼頭等船去彼岸的各人，到了彼岸，誰也不想到這「機遇」、「機緣」難得。

柳木下的詩如秋水波汶靜，意似青山蘊藉深。可惜的是他坎坷的晚景，令人同情惋惜。

在都市生活，尤其是香港，許多人對於春夏秋冬往往無時序感覺，人們每天車上船上辦公廳度過，生活在兩線一點程式中。辦公廳裏，過去聽得最多的聲音是打字機發出的響聲，令人聒耳，不過工作忙起來，就不算怎麼回事，電腦化時代，打字機聲沒有了，耳根清靜多了。過去打字機職員整天手按鍵盤，滴滴嗒嗒的聲響，頗令人煩悶鬱鬱不樂。柳木下詩人三十年代寫的一首詩《鳩鳴》就提到這情形，他知道時序已進入春天斑鳩鳴叫，想下班時，將對老是鬱鬱的打字女低語：「斑鳩在林中歌鳴。」

詩如下：

已經是春天麼？
我想：在我那遙遠的故鄉，
田中滿盛雨水，
伯父清晨駕牛出去，
母親把種子浸在水裏。

都會好像沒有時序，
在我的事務室的窗際，

可不曾有過花枝，
打字機的聲音單調又聒耳，
打字女也老是鬱鬱。

待到向晚時分，
我將對她低語：
「斑鳩在林中歌鳴。」

詩開始就用問號，他在疑問中感到春天已至，想起在故鄉田中水滿，伯父駕牛出去鋤坭，母親撈種子準備春耕播種，自然此時田陌山坡繁花已似錦，即使他沒寫出來，在第二節講窗際無花枝，以及都會冷落時序反襯出來。他對打字鍵聲感單調聒耳，於是在下班時低語對打字女說：「斑鳩在林中歌鳴。」也就是告訴她現在已是春天，也是她的春天，用標題和末句呼應出主旨來。

斑鳩即是布穀鳥，以前常聽小學生唱：「布穀聲聲，田裏水漂漂，今年雨水十分好，魚肥禾苗壯⋯⋯」

那是農民喜見的願望。斑鳩這種鳥，歐陽修有詩：「鳩鳴婦歸鳴且善，婦不亟歸鳴不已。」這也是禽鳥求偶季節。詩寫於 1939 年，正是詩人青年時代，這種聽鳩鳴而想低語打動異性莫負青春，是人之常情，詩是含蓄的，求愛未必有效果。在愛情方面，柳木下策略失敗，所以單身孤獨一生。到了後來，相信他對愛情想也不敢想了，因為三餐也難，還有他想麼？

《作家月刊》2007 年 1 月號

三、嚮往圓滿之境未現

多年未知詩人柳木下的生死，最近讀李立明的《窮愁詩人柳木下》文章，說他已於 1998 年辭世，是在香港回歸翌年就走了。

李君說柳木下身世諱莫如深，從不把住址電話告訴別人，事實他居無定所，常欠租，又無電話，如何可以跟人通訊聯繫呢？

據我所知柳詩人自六十年代中期起，已寫不出東西，請他編書，也有心無力，朋友在報上給他寫專欄的版位，他又筆不成文。結果只好販賣舊書，這種朝不保夕的行當，生活坎坷可想而知。

1936 年柳木下大學畢業後，還去過日本留學，他寫詩向香港刊物投稿，從舊照片上見他是風度翩翩的讀書人。他有過向外秀內慧的佳人追求的一段愛情，可惜不成功，還自殘身體。他有精神病，是否與此有關，言人人殊，可以肯定的是他一生並無結婚，也未誦過交泰大樂賦。但讀他作品《海天集》，有幾首短詩，反映他對愛情的追求和憧憬，只是路途崎嶇。

1938年他在《海邊》詩中說在明麗陽光的海邊，作「明麗的夢的白日」，與愛人攜手走下海，沙上深印足跡，在清冷的淺水裏，有她素足，圓臉。他形容圓臉為一個美麗的貝殼，他倆「像是鳥兒相隨相逐在水中」，他發白日夢有美相隨相伴，自然是年輕人良好的憧憬，可惜他是失敗者。

同年他在《海和天》詩，寫海與天連接的景象而問她這是甚麼？她搖頭表示不知道，她自然沒有詩人想像，他向她解畫：

> 我說：那是海，那是天，
> 天和海在那裏親嘴了。
> 你笑了，羞澀地。

詩人把海與天相連形容為男女親嘴，有點借景示愛的意圖，難怪她「笑了，羞澀地」，羞澀包括臉抹暈紅，是懷春少女的表情，他這暗示也具有挑逗的意味，是戀愛中描寫。最後又未能開花結果吧！

兩年後，詩人把自己喻為「白鵝」寫《白鵝之歌》說：「願駿馬有曠野的奔馳，願大鷲有太空的遨遊」，但又說：「我所愛的——一個契默的伴侶，一池清澄。」最後一節詩是：

小雛是我的永生，

世界的歷程就在我自身，

我雖是個不全的生命，

但我嚮往圓滿之境。

詩如其人，心無大想，他自認只是不全的生物雄白鵝，有雌白鵝才是完整一對。他希望有個伴侶，生個後代，作為他的永生，這才是人生圓滿之境，事實又未能實現，這也許是他追求失敗後的獨白。

1945年的10月，離上詩五年後，他對着窗外秋雨瀟瀟，終日不停，小室如浮漂波濤上而作《秋思》一詩八行，最後四行：

夏日我像是鳥兒，

歌唱着無掛無累；

今我思念遙遠的家園，

熱騰騰的晚餐和燈前溫藹的話語。

「夏日」是指秋天之前的歲月，也喻其年青時的無掛累，但今已進入不惑之年，想的家園卻在遙遠不能實現的，在秋風波濤下感到飢寒，只想有熱騰晚餐，溫柔體貼的說話。詩人已不提小雛、永生，望吃飽，寂寞有人燈下共語，其孤獨寂寞，飢寒處境，讀之令人同情，能不為嘆息而心酸？

四、詩人柳木下晚年二三事

在港編書譯書

梅子兄要我談談已故詩人柳木下。我認識他應是上世紀五十年代初，當時他應香港上海書局之約，為該局編寫少年兒童讀物，每本約兩萬字。他寫的第一部書，也是該局最早出版的讀物之一《雄雞與寶石》，是從外文書譯述過來的。還附有原書的精美銅版插圖。1957 年又請他把他的詩作編為《海天集》出版。他在後記中道：「經過一番選擇之後，認為還較有意義的共 50 首。」其實集中實收的僅 48 首，就是說有許多大作割愛。

當時他除了在香港上海書局出書，為該局定期月刊《少年文叢》撰稿外，又用「婁木」筆名為世界出版社編譯《世界文藝叢書》。

他這時的生活應該沒有問題，除編書，譯述，還在葉靈鳳主編的《星島日報》「星座」副刊寫詩。《文藝世紀》創刊，源克平也請他寫稿，他將德國赫塞的《湖邊小品》、英國季伯·懷德的《塞爾彭博物》翻譯。他的吃飯和住房絕無問題。只是到了五十年代後期，因為進過幾次醫院，身體變壞，寫不出詩，也寫不出稿，生活開始日漸困難。

他選編《世界文藝叢書》其中一本《傳記文學》，選有名家傳記作品15篇，即:《伏爾泰》、《吉朋》、《羅素自述》、《滑鐵盧天下成敗之秋》、《黃金鄉的發現》、《南極爭霸戰》、《我的父親——湯馬士曼》、《音樂家蕭邦》、《音樂家黎斯脫》、《洛基節書與靈魂論》、《貝多芬》、《音樂家伯勒穆》、《克魯泡特金親王》、《泰戈爾印象記》、《音樂家伯赫》等，還附有《夏多布利安傳》、《愛因斯坦傳》。書前有他的《前言》中說：

「傳記文學」這個領域，在中國還是一塊處女地，正待我們去開墾。孫中山先生逝世已三十多年了，直到現在，我們還沒有一本較令人滿意的傳記，這領域太荒涼了。因此本書所選的作品雖然份量不多，未足以盡窺傳記文學之全貌，但也可以供我們借鏡之用了。語云：「他山之石，可以攻玉」，作為本書編者，我僅在此翹首待望。

他所選的人物、事件都吸引我，我佩服他的眼光和識見，他並不為了稿費胡編亂湊。在當年被稱為四大傳記作家的莫洛亞、斯屈齊、支魏格（今譯茨威格）和路得維格都有名作被選入。

晚年生活拮据

柳木下在上海讀書時，遇上下雪天，看見玻璃櫃裏的大衣而產生「大衣是為甚麼而製的？」的慨嘆。譚秀牧曾對我說，他當時在世界出版社任編輯，曾編過「文藝叢書」，處理過《中國新文學大系續編》的稿件，曾得到柳木下多方幫助。他說，柳因無錢交租，歸家無門，到出版社找他，問他可有內衣褲給他一兩套替換，當時正是上班時間，而寫字樓也無內衣褲，只好拿錢給他去買。香港詩人方寬烈的店子在中環機利文街附近，他常請柳木下到大牌檔用膳，他吃一碗，柳要吃兩碗，看來處於半饑餓狀態。

柳木下於 1914 年生於廣東興寧，1932 年考入上海「復旦」（一說是「大夏」）大學讀書，1933 年就向香港《紅豆》雜誌投稿，1937 年曾來港居住，1941 年到上海工作，戰後返故鄉。1948 年返回香港，一共住了五十年，長期居住九龍城一帶，他曾在詩中描寫他的住處：「我的室廬如漂浮在波濤上，小小的房中沒有溫暖。」同宋代蘇軾貶黃州時寫的《黃州寒食詩》所說：「小屋如漁舟，濛濛水雲裏」一般簡陋。

他曾同人合租共住，因常齟齬，搞得彼此不歡，所謂相見好同住難。

他向朋友如葉靈鳳、黃蒙田、羅孚、源克平和我，都借過錢，總有借無還。非他不還，實是無錢可還。有的朋友工作忙，索性通知門房見他來就指定一個數目交給他，以示長貧難顧之意。我想，他拿了錢，心理一定不好過。

他曾對我說過想返鄉下，時在八十年代，但他家有些甚麼親人，他從無講起，在他的詩集中寫得最多的還是他的母親，其他提到的是已去世的祖父，此外有伯父、弟婦、叔母等人。父親，伯父，叔母應該都去世了。他在詩中說他因母親才愛海，説母親是靜寂窗上的黎明——

黎明是母親的愛撫的眼，

而海是母親的聲音和懷抱。

他在家鄉——窮困的客家山區，曾給在田中播種的母親送午飯。他在詩中自稱是「一個窮人的孩子」，並說「我想起窮鄉的田舍」時，就想起母親，念念不忘。

上世紀三十年代的興寧，在他筆下是這樣的——

峰巒蒼蒼

江水泱泱

故國三月

風薰，日麗，鳥啼

竹林，桑野

阡陌，人居

我們的愛

深藏在土裏

但在十年浩劫以後，他回去即使風景如舊，但人事已非，而他未必還有親人，所以有許多朋友勸他不要回去。

他在香港生活足半個世紀，結果葬身香港。香港的碧海青天成為他寂寞的伴侶。他說他的詩集名為《海天集》是聊以紀念香港之意。他對香港的感情比對家鄉要深得多。

《城市文藝》2006 年 12 月號

五、不屈意志　崎嶇道路

詩人柳木下被人稱為窮愁潦倒詩人，亦有說他是神秘詩人，這都是因為他在香港晚年生活坎坷，又寫不出作品換稿費來維持生活所需。靠販賣舊書，本來也是一種營生。有的做舊書的還賺了不少錢，要賺錢就得本錢才能錢母生錢仔。據我所知，柳木下有知識的本錢，卻無財帛的本錢，因此即使見到好書、孤本、珍本，也無錢購入，又沒有地方可以存放，善價待沽，才能賺錢。他賣舊書是他自己的藏書，或者拿得出錢買得起的，即刻轉手從中賺點蠅頭微利，如何能應付三餐一宿呢。

記得已故演員趙丹曾在他昔年的電影中唱過這樣一首歌，其中大意是：

「沒有錢亦得食碗飯，住間房間，哪怕那老闆娘作那怪模樣……。」

仰望大廈的眼睛

柳木下在五十年代初生活應是不差的，我認識他時用廣東話，看起來還官仔骨骨，是個讀書人模樣，雲姊姊（黃慶雲）在香港辦《新兒童》，柳木下、胡明樹等人是《新兒童》的作者，雲姊姊返國內工作，結束《新兒童》。不久上海書局設立編輯部，出版《現代兒童叢書》，就邀請他編寫每本二三萬字的兒童讀物，我是在那時認識他的。他來交校對稿時，常同總編輯閒話文藝界情況。那時書局供應職員三餐，他來時遇上午飯常叫他一起開飯，只是加多一雙筷子，飯是任食的。這樣他同編輯部同事都相識，後來為他出版《海天集》詩 50 首，由李怡審稿。李怡很欣賞他許多詩的意境，如他用「窗子，窗子……」形容香港的高樓大廈，從無一字提到「高」，只是用「我舉頭仰望……」，又把窗子形容為大廈的眼睛和呼吸器。窗內又孵伏着許多商業計劃。經他的介紹，使我找來讀。他領稿必經我辦公的地方，也進來談談，交為朋友。

那時他還為星洲世界書局編輯《世界文藝叢書》，以我知道的計有：

《傳記文學》	1958 年	星洲世界書局印行
《近代作家六人集》	1958 年	星洲世界書局印行
《近代世界作家論》	1958 年	星洲世界書局印行
《歐洲作家散文選》	1959 年	香港東亞書局印行
《世界作家書信選》	1959 年	香港東亞書局印行

編者用「婁木」筆名。香港東亞書局，其實同星洲世界書局是同一機構。《海天集》則是出版於 1957 年秋天。這時他工作量還是不錯的。

我見他時，褲頭常掛一大串鑰匙，覺得有點怪。聽聞他有時病發，便把衣服除光，赤條條站在窗前，包租婆打九九九把他送去醫院，有說他精神問題是他曾追求一位外秀內慧的異性失敗而自殘身體造成的，他同輩人言之認真，是否如此只有他自己才知道。事實是他一生獨身。

醫院覺得他精神已正常可出院，結果由葉靈鳳先生去將他領出來的，又叫他把以前寫的詩改正，再交給《星座》發表。不久李怡編的《伴侶》雜誌，加了一個副刊叫「伴侶文藝」，他寫幾首短詩在上面發表，又稱李怡為道兄，可惜「伴侶文藝」只出版了四期便停刊。

柳木下曾坦白説，遇上手緊，食飯成問題，他常買幾毫子黃豆煮熟就當一餐。飯都食不了，租金當然拖欠，他有時食碗飯難，住間房間也難，包租婆不給他怪模樣才怪呢？

進入七十年代，見他時時手攜布包袱，説是進行舊書買賣。布包用藍底白花紋的一大方巾把四角拉起打成結做手挽，可提在手上，又可插進雨傘擔在肩上，日本很流行，我國沿海各縣也流行。不久布包不見了，用舊報紙包書，有膠袋又用膠袋。初時他的一些藏書，或他從舊書攤找來的好貨，推銷給他相識的顧客，講好價錢，結果交貨的卻是影印本。像我不是為收藏，只供參考，影印本也就算了。

他知道我在下午六時前後才到當年我經營的書店去，所以找我都在六時後，有一次他説今天到香港大學交書給顧客，可是去得遲，他們下班走了他正等着錢交租食飯，現在拿不到錢，叫我借錢給他，又講得懇切，推也推不掉，只好給了他點錢，説也不必還我了。因這類事亦不是頭一次，只要能幫的我會盡我的能力。

有一次他提了一個膠袋，面容憔悴地又來找我，說他在佛教醫院住了十多天，醫生說他沒有病可以出院了，說是剛從醫院出來，我問他甚麼病進了醫院？

他說有一天他在大牌檔飲咖啡，飲完後便昏過去，被人送進醫院時，身上只有單衣，布包中的書、身份證、存摺……都失去了。連讀者由報館轉給他的支票都無法提款。我記起曾在報上專欄撰文說柳木下晚景生活艱難，有位好心讀者寫了兩百元支票，寄去報館轉給他的事。

他說回到住處，房間被業主封起來，因他欠租多月，不再租給他，要收回租給人打麻雀耍樂抽水，好過租給一位窮詩人作家，時時費口舌催租。他無法只好租住一床位，日租25元，食三餐搭車每天需50元才能應付開支，現在第一件事是要補領一張身份證，籌錢交租才能拿出家檔存書，這大概是我最後給錢濟他燃眉之急了。

後來因為我的書店租期屆滿結業，他想找我也不知道我的地址。1994年何達詩人逝世，我們為他在殯儀館舉行喪禮，我見一位劉海式髮型的老人進來，坐在羅孚先生身邊，覺得他像是老婦人，走過去一看，竟是柳木下，他頭髮大概很久沒有剪過，人也蒼老很多，走進來時是舉步維艱。

關於詩人的美麗誤會

1948 年秋，中國新詩歌工作者協會部份經港詩人，在西環李淩、趙渢主辦的「中華音樂學院」舉行座談會，出席者有鄒荻帆、陳蘆荻、樓栖、黃寧嬰、柳木下、胡明樹、陳敬容、卞之琳、林林、戴望舒、黃藥眠、何達等，還拍了一張大合照，事隔近半世紀，何達逝世，而年老生活落泊的垂垂老人，卻不忘舊友，過海來送故友一程，也真難得。

有日黃蒙田交回他的《黃蒙田散文——回憶稿》校對稿給我，突然問我可有柳木下消息，我說很久已沒有他消息了，他說前晚他坐巴士回家，望見亞皆老街行人道上有一老頭舉步蹣跚地慢慢走着，好像就是柳木下。

我說曾勸他向社會福利署求助，聽說他們也曾詢問過他，知他是作家、詩人，以為他生活一定不錯，問過後便無下文，可能是美麗的誤會。我亦曾叫他申請進安老院有個安身之所。他說想返回鄉下興寧，但鄉下已沒有甚麼人了，年輕一代都不識他，且當時國內黑暗歲月還未過去，可能因此打消落葉歸根念頭。

後來我讀李立明先生的文章，他說柳木下是 1998 年逝世的，說來與黃蒙田同一年，但黃蒙田有許多朋友為他治喪送他一程，柳木下的大去許多人都不知道。柳木下晚年環境不好而他求生卻有不屈的意志，即如他 1950 年寫的詩《不屈的意志》：

母親送我離開久居故鄉，

我記得是立春天播種時，

陪着我的有一個小行囊，

還有我的不屈的意志。

對於一個窮人的孩子，

生活的道路實在崎嶇，

苦難時你給我安慰，

你的勉勵使我心頭重振精力。

我的老伴侶，

我的突擊隊，

多少的巉巖我攀登，

堅固的柵欄你給我摧毀。

柳木下一生道路如詩所言是崎嶇的，但生的意志不屈走完一生，他雖離開久居的香港，卻留有好詩一本和他編寫的數本書讓人欣賞。泉下有知亦該安慰吧！

《信報》文化版 2007 年 1 月號

侶倫的力作《窮巷》

幾本香港文學史，都把侶倫稱為香港本土作家，大概是因他在香港出生緣故。事實他的原籍是惠陽。舒巷城也是香港出生的惠陽人，也被稱為本土作家，但年紀上舒巷城小十歲，在香港文壇知名度來說，近年認識舒巷城的人比侶倫更多，生活境遇亦不相同。

侶倫 17 歲時（即 1927 年）曾赴廣州參加國民革命軍第四軍任准尉司書，過行旅生活，後來曾在香港《南華日報》編過書報週刊、文藝副刊、港聞版……等，是為了生計和喜愛文藝。有說該報與汪系有關聯。

日本佔領香港後，他於 1942 年逃出香港，在紫金縣一小學教書。1946 年他進《華僑日報》編《文藝週刊》，他的一位妹妹下嫁在《華僑日報》工作的江河（筆名：紫莉，已於 2006 年杪在溫哥華逝世），他們都住在九龍城區，他租一唐樓地下一間房間。住在同區的還有作家黃谷柳和黃蒙田等人，他們都同為《文藝週刊》寫稿作者。所以他們經常在下午三時左右在獅子石道、南角道的小咖啡館泡咖啡，以黃谷柳的說法是在那裏「上電」（中環一些白領及小職員三點三到昭隆街附近檔頭飲杯茶或咖啡、吃片多士的「暗語」），黃蒙田曾回憶說，每次「上電」談的不外是抗戰期間各人的遭遇，講完了無新鮮話題就懷舊一番，或有人談到在某處舊書攤，發現有絕版書等，除此外這茶局也是他們稿件交收，發稿費的地點。侶倫每次都帶一本詩集或小說和香煙火柴，放在桌上，不浪費等候人時的空閒時間讀詩。

《文藝週刊》每月四期，每期有九欄字篇幅，約可容九千字。編這個週刊，報館不設編輯費，屬於包版性質，每期固定給稿費，這九千字編者可化許多筆名獨佔。侶倫卻用它與朋友分甘同味，也為他分擔稿源。黃谷柳、黃蒙田、黎明起等人每期約佔二三千字，還預留點篇幅給臨時來稿者。侶倫當時主要的收入靠《文藝週刊》作為生活費和房租。他的幾位街坊又是作者，每月四期每人可得稿費約一至二百元。當年一碗叉燒飯只是五毫子，所以稿費對他們經濟不無少補。相反侶倫有時卻要為 50 元房租四處撲水應急。

侶倫認為自己是新文藝作家，寧可餓飯，卻不願意寫鴛鴦蝴蝶派小說，或流行通俗小說，所以戰後從五十年代中期、整十年有人認為「他一直是當一名意義和失業相關的『自由職業』者。」他自己也曾說那十年是他最困難的日子。

1948年他在《華商報》夏衍主編的副刊「熱風」刊出《窮巷》寫實小說，只連載了五十多天，寫了三萬六千字，便因報館改組被迫中斷，又少了收入。

黃蒙田說侶倫住的房間狹窄，是板間房，用幾個空木箱做書架和書桌。二房東裝了一個「麗的呼聲」從上午開到半夜十二時播出「聽眾再會」才靜下來，其他住客都熟睡了，才是他在稿紙上爬格時候，但房租只包括水費，電費只供應到十二時就得熄燈，他要寫作只好後備一盞火油燈才可照明。這時除了耗子走動，吱吱叫外，算是最少噪音干擾思考幹活營生，一踏入凌晨四點鐘，同屋三房客「街市仔」一家起床到菜市去收貨，住處又奏起都市交響樂來。

所以每天只好利用小咖啡店讀書、會友，抽煙和思考作品內容。

戰後十年，他靠的是寫文藝作品維持生活，應付日常必需，私囊常空，朋友約他寫稿，他常是一手交稿，一手收錢，要當場貨銀兩訖。這當場交易，有人說向他要稿需「現批」，甚至有先銀後貨，雅稱預支稿費。

到了五十年代中期，他戰前的文藝青年、報館同事《文藝風景》記者張任濤以「張建南」名字來香港出任「中國通訊社」社長，筆名張千帆。這原是北京中國新聞社香港分支機構，但名稱早已有人註冊在先，依例不能重複，只好用「中國通訊社」註冊，並由張建南請侶倫組織一個專門對海外僑報發通訊、小品文，和文藝作品的「采風通訊社」。作用在提供文藝作品，業務卻是新聞發佈的綜合機構。侶倫工作並不輕鬆。從這時起到他逝世，生活也相應穩定，脱離了「撲水」生活，可以利用餘暇整理他的舊作出版。

侶倫最著名的小説是《窮巷》，有 20 萬字，這本書從 1948 年夏天着手寫刊於《華商報》起，到 1952 年春季完成，頭尾經歷五個年頭。用他自己的話説是「時作時輟」，「這完全是因為個人生活不安定，無法一口氣寫成。大戰後整整十年，我在無可奈何中純粹是靠一支筆支持生活；而《窮巷》寫作的時間，正是我的生活最艱難的日子。」

這本書寫成後到出版，出版機構換了三次，他提到新民主出版社和初步書店，最後交給葉穩裕先生學林書店名下的文淵書店出版。但出版後在殖民地時代的新加坡卻被禁止入口，後來又改名為《都市曲》、《月兒彎彎照人間》，出版社亦改為「文苑書店」，其實都是為免辛辛苦苦印出來的書被扼殺，而進行的兩次改頭換面發行的方法。

侶倫在「初版後記」中説：「我只是本着平日的創作態度，去表現一些卑微的小人物的悲喜。」

又説：「這部小説有着我自己喜愛的特殊意義。這些年來，在生活的前提下，我所出版了的作品，離不了為適應客觀條件（市場）的需要而寫的東西：只有這部《窮巷》是不受任何條件拘束，純粹依循個人的意志寫下來的。我承認這是一部我高興寫的作品。」

1948年《窮巷》在《華商報》刊載後，人間書屋合夥人華嘉在《文匯報》茅盾主編的「文藝」副刊發表給侶倫的一封信，指出他小說的人物，已從高樓大廈裏走出街頭來了，他們再也不是一些整天在做夢的青年男子，而是在現實生活壓搾底下的都市的小人物：「你的筆鋒，已從男女之間的愛，轉向人與人之間的愛。……《窮巷》那樣的作品，才真正是你的作品。」

是的，侶倫在困難環境中為生活而寫作維生，正如他自己所說他的作品差不多全是為適應客觀條件的需要而寫，而《窮巷》的人物已由高樓大廈走向街頭，寫人間之愛。而他主持采風通訊社也做了許多工作，奇怪的是1979年全國在北京舉行文代會時，香港文學界許多人被特邀出席，而侶倫卻不被提名，許多人感到難以理解，怪不得黃蒙田說：「真正意義別人不一定明白，在這裏我也不必解釋了。」

看來茅叔是明白的，但他不能說，只表示他的感嘆！侶倫的被冷遇，往後香港文化界屢有出現，不足為奇。有人甚至需太太同行，她本非界內人，卻成為代表，連知少少都無，也可當代表。

《作家月刊》2005年11月號

黃蒙田的散文小品

1991 年黃蒙田在三聯書店出版《讀畫文鈔》乙書，這是他當年的又一本論畫和介紹交遊畫家文章的結集。他在「後記」中說：

> 我不是寫美術評論，雖然這些文章也不可避免地有所評論。我從來認為自己寫的是散文或小品，如同別人的散文或小品寫人物，生活和風景一樣，我不過是以人物中的畫家和他們表達內心世界的作品為題材而已。

黃蒙田不認為他是在寫美術評論，但事實上他的確寫過了不少美術評論的文章，且已結集出版多年。因此無論如何他是一位美術評論家。但他那些文章採用的筆法，正如他自己所講是「如同別人的散文或小品寫人物，生活和風景一樣」，那是他寫畫評和畫人的手法。

除了上一類文章外，縱觀黃蒙田幾十年來的作品中，也有許多非論畫和畫人的散文和小品，已印成書的，從 1947 年開始，到 1977 年，手頭所見，已有 11 冊單行本之夥，這 11 冊是《清明小簡》（1948 年人間書屋版）《花間寄語》（1960 年新地版）《花燈集》（1961 年上海書局版）《晨曲》（1962 年上海書局版）《抒情小品》（1965 年上海書局版）《春暖花開》（1965 年南苑書屋版）《竹林深處人家》（1969 年上海書局版）《裕園小品》（1970 年大光出版社版）《湖邊集》（1972 年上海書局版）《山水人物集》（1973 年萬葉出版社版）《春暖花開》（1977 年上海書局版，內容同南苑版相同）《湖光山色之間》（1974 年海洋文藝版）。

在上述這些單行本中，也收集有同畫家交遊或談畫的文章，但那只是作為一本書中一輯的，如「山水人物集」中就有一輯。此外也有談論民間藝術的如：年畫、玩具、木雕、木屐、盆栽、紙鳶、舞獅、花燈、搭棚、傢具、竹傢具、潮繡、陶瓷……等。他的散文小品主要內容抒發自己內心的對生活的熱愛，對風景的謳歌，對過去的懷念，對新時代的熱情；因此出現在他的文章中往往運用了新舊的對比，特點是平實而且觀察入微，不喜用驚人之句，或作無病呻吟的文字遊戲，或淨在詞藻上兜圈子，以致內容貧乏。黃蒙田的文章則沒有這毛病。

黃蒙田的小品散文，寫作的範圍甚廣，但有一條主線就是離不開用美術觀賞角度去看事物，因此他即使是一些遊記寫山川名勝、園林，都從美的視點進行抒發感情，加進新舊的變化。他對長期居住過的珠江一帶有着深厚的感情，同一題材卻可以在不同的篇章一再抒發陶醉和熱愛的情懷。此外江南水軟山青，也是他落筆着墨的題材。他在抗戰時期，曾經深入巴蜀。北京也常去，但北方的風光卻寫得少，至於巴蜀的景物，那時正逢中國在艱苦抗戰中，因此從他早期作品《清明小簡》中，他所見的天府之國，不過是一片荒涼，人民極其困苦，生活落後，人民正遭受「要穀子又要壯丁」的時勢，說是為了打「內戰」。那時人民希望早日打敗日本鬼子，中國和平。所以從他那時的文章中，反映他常常感到苦悶和感慨。但即使如此，對生活還是充滿希望的，比如他寫1942年在重慶附近小城過年，那年正是新正逢立春，是傳說中的「好年」，一個荒涼的小城農民傾城而出進行「迎春」，令作者深受感動。

另一種他常寫的題材是花樹果木，《花間寄語》一書內容全部寫樹木花卉。我國的四時八節的風俗習慣，尤其是嶺南風俗也寫了不少，《花燈集》主要寫這方面。回憶故鄉景物，生活情趣，果木鳥石，這類不屬大題材的題材，正是他取材的對象，娓娓道來，如說家常。每人都熟悉本物，令人讀來都會覺得親切，難免勾起鄉思，恨不得立即歸去，親炙一番。寫這類題材，他多採取新舊對比的手法，使人知道過去和今天的變化。寫大題材的文章，自然有大題材的作用，大題材勢必講大道理，寫日常生活的小題材，不一定講大道理，只是陳述情趣品味，令人引起許多美好的回憶。因此，「市聲」、「手信」、「納涼」、「鹹菜」、「咖啡」、「圍爐」、「火寸」、「發燭」、「火柴」、「溜冰」、「趁墟」、「花尾渡」、「布鞋」、「山貨」、「手錶」、「打更」、「油燈」、「濕柴」、「沙河粉」、「烏欖」、「珍珠米」、「柚皮」、「消夜」、「煨芋」、「熱蔗」、「烘薯」、「煙花」……等都成為他的題材。這都是我們生活中常接觸的東西，但的確不是關係到國計民生的而是生活中極其平凡的東西。也就是平凡，往往被人忽略；而他卻注意到了，寫成趣味盎然的文章，叫人讀了感到不平凡。重要的是寫這類東西，作者傾注的是甚麼感情，感染讀者的是甚麼，這才重要。黃蒙田的這類文章常常引出使人沉思的話來，如他談「落花生」，除敍記花生的傳入和許地山的文章外，他又憶起「二十年前，有過無數個冬夜我同朋友們在那些點着黯淡的桐油燈和貼着『莫談國是』招紙的冷酒館裏，買兩碟焦鹽花生默默地下一碗白酒，那就是苦悶中的一點樂趣。一直到今天，我不能忘記磁器口的焦鹽花生，由於它可口而且在我的過去的生活中時常出現。」

這裏所指的「磁器口」，是四川巴縣嘉陵江邊的一個墟鎮，也就是他寫《清明小簡》時的那段歲月，二十二年後的追憶。在那樣的歲月裏，熱血青年參加抗戰，卻「莫談國是」，苦悶的心情，唯有借白酒和花生找到一點樂趣。

在《元旦試筆》中，他寫時間飛快，而想起時間的速度在前進「昨年如此，今年也並不兩樣，我們當中，有些人事情做得太少也做得太慢，卻埋怨時間過得太快來原諒自己」。這豈不值得我們深思的麼？他對於有一些人努力想改變國家命運和社會面貌，表示「可敬」和「勇敢」。上面的文章，見自「抒情小品」，是從身邊談到大事，既回憶過去，也看到眼前。

《裕園小品》中的許多文章，大多寫於六十年代，刊於吳其敏先生主編的「副刊稿」中，深受海外僑報歡迎，極具鄉土風味，對當時不易回到故鄉的人來說，更想一讀以比較新舊。

中國的四時八節，大多是與農業社會有關，節日的內容離不開慎終追遠，更重要是讓農民有個名正言順的休息日，和允許吃得豐富些，因為平時以節儉為美德，有些吃不起，因此遇上節日，如「元旦」、「元宵」、「春分」、「清明」、「端午」、「七夕」、「中元」、「中秋」、「重陽」、「冬至」、「立冬」、「除夕」這些相沿了幾千年的節日，許多起源於傳說、形成風俗習慣，配合四時氣候農產收成以及農閒，好讓人們歡歡樂樂的休息一天，吃吃喝喝玩玩樂樂。解放後，國內除了規定的若干節日外，淡薄了其他的一些節日；但海外則還繼續奉行，對於節日的風尚起源，黃蒙田寫過不少這類文章，《花燈集》中收錄這方面的文章多篇，其他單行本也有，那些文章不在提倡迷信，而是作為風俗文化，告訴海外讀者。因為海外的第二代、第三代，他們在當地出生，受當地教育，對中國某些優良傳統和文化習慣已開始淡忘，這類文章可以增加他們對中華文化的認識。雖是為了應時應景而寫，但寄意立心，卻是很有深意的。

黃蒙田早期的作品《花間寄語》，全部描寫花卉樹木，共寫了五十多種花木，此書中的文章，最先發表在《鄉土》雜誌中，大約寫於 1957 至 1959 年。談到的花有：「菊花」、「水仙」、「吊鐘」、「杜鵑」、「芍藥」、「玉蘭」、「紫藤」、「木棉」、「百合」、「夾竹桃」、「紅影樹」、「白蘭」、「含笑」、「茉莉」、「荷花」、「雞蛋花」、「芡實」、「桂花」、「芙蓉」、「海棠」、「一品紅」、「山茶」、「蘆花」、「紫薇」、「牽牛」、「千日紅」、「晚香玉」、「紫荊」、「雞冠」、「枇杷」、「櫻桃」……等等。

當年郭沫若有百花詩，用詩詠 100 種花，他是不是受了他的影響，想以散文寫花，不甚清楚，但老實說郭沫若寫的百花詩，有的根本就不像詩，反而當時的木刻家的百花木刻可能會有更廣的流傳。黃蒙田寫了五十多種花，從每種花的生態故事吟詠和見聞，比較老郭的詩，我個人更愛花的散文。當時未能寫足「百花」，可能是因雜誌停刊，或者是不熟悉的不寫，不像老郭硬湊成百。除了《花間寄語》中的寫花小品外，其他的單行本中，也有許多花卉樹木描寫，可以說他對花樹情趣，有極濃厚的感情。有些樹木花卉往往賦予了人格化並加以禮頌，比如他對北京的「楊樹」這樣寫：

> 長安街是一條極其壯觀的馬路，每一個到北京的人都要一次又一次地在上面走過，而這兩列楊樹構成的綠葉對它的美觀也起着一點烘托的作用。……出了西直門通到頤和園去的路上，不知經過多少路程，人們就像夾在楊樹的屏障中前進一樣，兩邊全是一片青翠，這裏種的是北京普通的街頭樹鑽天楊。
>
> 他又讚美榕樹、柏樹、木棉等，他說「大樹，在某一角度來看，它是一個歷史悠久的民族的象徵。」

在他眾多的散文小品中，遊記文章佔了相當大的一部份，遊屐到處有珠江、桂林、江南等地。珠江河畔、太湖邊、富春江上、新安江邊、江蘇水鄉、西湖勝景、蘇州園林、長城八達嶺、居庸疊翠、茶鄉龍井、玄武湖、無錫竹林、灕江春雨甚至香港各處名勝，他都用彩筆把它描繪於紙上。

他一篇描寫江南盛產尖筍的竹林：〈竹林深處人家〉，被香港教育局選為課本的課文，這篇文章以罕有的題材，寫他旅行竹鄉所見，除了吃到新曬的鹽焗尖筍外，對竹林中竹子之多這樣說：「給你的印象似乎是，那裏除了竹，其他便甚麼植物都不存在了。」又說：「舉目四顧，除了竹子，還是竹子。」本來寫多竹，他前面舉出的句子已說了，但整篇兩千多字的稿子，卻用了一大半篇幅寫竹子的「多」，作者看到了竹子的多，而聯想到那種多，像竹的海洋。一層深過一層的描寫下去，把人的思想引進了竹的世界中去，陶醉在那青綠、嫩綠、墨綠的層次中——看到竹的波浪和聽到竹的聲音，形成竹鄉特有的風景線，確是迷人。他說：

> 遠望去一連幾座山頭，從山麓一路到山頂，不，從平地開始就全鋪着竹，一層又一層，不但分不出竹枝、竹幹和竹葉，連房子，小徑和小橋流水都看不到，彷彿全被竹的海洋淹沒了。當一陣風吹過的時候，竹海上便湧着暗浪，一浪推着一浪，一直湧到很遠，你很難知道那一片嫩青色和墨綠色的海洋有多深，只是你看竹浪起伏和它的氣勢，就意味着它是非常深沉的。

竹海有多深呢？無人知道。但作者筆下卻把他寫得很深，而且說他走過竹林時，懷疑自己「是在竹海的海底隧道裏走過。」香港人有過海底隧道的經驗，所以對於下面這樣的話，必會驚嘆竹海的博大了。

> 我們沿着一條路邊有小溪的石子路深入竹海去。兩旁高大的竹林密得不見底，把路的上空蓋着，此刻陽光猛烈，但是在這裏走過卻絲毫不感覺到。我懷疑自己是在竹海的海底隧道裏走過。

竹海是作者對竹林的形容，過了那一片茂密的竹海，卻有個地方叫「竹塢」，作者說：

> 前面是一座接着一座山，但你不可能看到山勢的綿延和一點泥土，也不可能看到竹塢深處哪裏有缺口通到山背後去，因為大自然的本身和人們在上面勞動過的痕跡全給竹子蓋上，你只能意味着竹子以外的東西存在，但你看到的只是竹子。

〈竹林深處人家〉，只是作者寫的眾多旅遊散文之一，未必是最好的一篇。但作者的遊記是他散文中文情並茂的作品。

五十年代後期的散文，可以發現文章的風格顯得平實而深沉，而五十年代前期記述他行走四川抗戰時期的作品，則有着更多的少年情懷，那時他即使寫畫家，也是以畫家的遭遇而感慨人生，如《清明小簡》中，寫戈庚的窮困、寂寞生活，後來吃砒霜自殺，死後成為後期印象派大師；塞尚被人罵為叛徒，法國美術會不給他會員資格，大衛作「馬拉之死」歌頌他為「自由保衛者」；寫梵高 1888 年聖誕，自割耳朵作禮物送給一個婦人，後用槍自殺，被稱為「瘋子與天才」。

他要說的是這些畫家生前被人冷落，但身後被人讚美，說他們的辛苦誤解最後沒有落空。他又寫羅丹，寫凱綏·珂勒惠支這些藝術先驅者。

《清明小簡》中第三輯、第四輯主要是寫抗戰時期他在四川嘉陵江畔所見所聞，他同情更伕、縴伕之死，歌頌深情妻子不怕癆病丈夫，伴着死去的故事「古屋」，兒子當兵媳婦改嫁的「改嫁」，許多篇章寫抓壯丁而致鄉村蕭條悽寂。這些文章結尾作者常用「悲哀」、「惱人」、「悲傷」、「荒涼」、「寂寞」……來結束。

可以說《清明小簡》是他感到迷惘無奈的時期，但五十年代後期，他的散文已沒有那種情緒，而着意的是對新事物的歌頌、理想的憧憬。到了七十年代後，他除了寫畫評畫人外，已不再寫其他了，實在可惜。

現在黃蒙田往往被人稱為美術評論家，但卻沒有人稱他為散文作家，以他出版了那樣多的散文作品，他在散文方面的成就，應該奠定了他的作家地位，當之無愧。只是國內或香港文化界，只當他為美術評論家，不當作為作家，應是作家隊伍的損失，難道美術評論家，就不可以是作家麼，即如戲劇家，一樣也可以是作家，何況他的作品那樣豐富動人呢。

黃蒙田散文小品集

1 清明小簡	（1948 年）	人間書屋
2 花間寄語	（1960 年）	新地出版社
3 花燈集	（1961 年）	上海書局
4 晨曲	（1962 年）	上海書局
5 抒情小品	（1965 年）	上海書局
6 花暖花開	（1965 年）	南苑書屋
7 竹林深處人家	（1969 年）	上海書局
8 裕園小品	（1970 年）	大光出版社
9 湖邊集	（1972 年）	上海書局
10 山水人物集	（1973 年）	萬葉出版社
11 湖光山色之間	（1974 年）	海洋文藝
12 春暖花開	（1977 年）	上海書局

黃蒙田散文小品集十二本，上海書局出版其中七本，可見這間書局出版不盡在看錢份上，我以曾在那裏工作為榮，而我對總編趙克兄、「茅雞」（蒙田）甚表敬仰，我在那裏搞發行也與有榮矣！

海辛小說以外的作品

1988 年香港三聯書店「香港文叢」出版的《海辛卷》，由作者自選他自 1969 年至 1987 年十八年時間的作品，以倒序方法排列，全部都是小說——有掌篇、短篇、長篇。他最近出版的新書《缸瓦陶瓷魔幻緣》內附列他的著作表共有 37 種，連新書加起來就有 38 種之多。給人的印象，好像海辛似乎是獨沽一味的寫故事和小說為獨步單方。說故事寫小說，要有不同題材。這方面海辛自然是能手。他在香港有豐富的人生閱歷，經幾十年浸淫磨練筆尖，應是有為的作家了。他又肯承認自己早年作品「他們或許粗糙，稚拙」，寫出來的作品「沒有很好構思」，但他認為自己「在選擇題材時，力求和前人作品不雷同」，並避免「氾濫陳腐」，多用心思安排、剪接；在語言上洋溢地方色彩，帶有詩意。所以作品是隨歲月不斷在自我完善。讀者如有系統的研讀，就會發現他寫作道路是與時俱進，從稚拙、粗糙進入爐火純青、得心應手，創造人物內心世界的思想表達和轉變，所以後期作品已不同早期着重作主題解釋的毛病。

據我所知，海辛幾十年的寫作著述中，他不只是近四十本小說的作家，他亦寫過新詩，散文。但新詩及散文並未印成單行本出版。他的散文方面，還偶能在一些合集，選集中讀到，但新詩除在報刊雜誌發表時讀到外，他剪存束之高閣，想借來一閱，則貴客免問。最近我能讀到的只有下面這首作為他兒童小說集《花神的故事種子》的「序詩」有這麼幾句：

許多年前
花神背着包袱種子
來到人間開闢園地——
播種
栽培奇花異卉
他種植色彩
種植芬芳
種植歡笑
種植友愛
種植温馨
也種植故事
去年，他回歸天界
卻留下一包袱種子

要孫兒青竹和好友明媚
辛勤播種與栽培

這童話詩，是淺白的分行，少年兒童易讀易懂。我曾讀過他的一些詩，並不如上這樣淺白，而是很詩意的語言，可堪吟誦，可惜自己記性差，忘記了。但無論如何，海辛寫過許多新詩，很好的詩。在詩國中他是眾卉的一株，即使不是國色牡丹、幽香水仙、鬱金香、黃菊、芍藥、玉蘭……也該是杜鵑花、海棠、紫薇之屬。最近我曾請他把剪存的找出來，讓我重溫回味，他說這些東西放在床底下，被重重疊疊的書陣圍困，不，像如來佛祖的五指山對孫悟空一般被重壓着。自己是望八之人，要搬開大山，就必須遇到觀世音菩薩來施法力。我理解，像他這樣年紀，搬沉重的東西，實有心無力，明知內藏珍寶，想拿出來，只好卻步，等待時機。想讀他的詩章，唯有早日遇到白衣大士來柳枝一揚，書陣解體，才有機會得甘露可供讀者解渴。

海辛作品除小說、新詩外，他還寫散文。他曾在報上寫專欄多年，專欄除連載小說外，自然都是散文。他曾在電影界搞宣傳，文章中少不免有影圈見聞、明星動態，但他許多散文是屬於文學範圍，反映的都是底層掙扎的勞動人民酸甜苦辣坎坷的生活、少年兒童憧憬的夢想、青年人在人海中奮鬥的遭遇、年長人難以適應時代變遷的困惑和牢騷等。他的散文不是所謂純抒情的散文，而是有故事結構。雖說散文，若將他歸入小說也無不可，或可稱為散文小說。

六十年代初，香港萬里書店出版的《海歌 · 夜語 · 情思》散文集，收有他的作品〈小金桃〉、〈玩具〉、〈蛙鳴〉、〈暴風雨前後〉四篇。

小金桃是一位小女孩，住在一條簡陋的窄巷地庫，他說住在這窄巷的人，只有白天才有他們的天堂，黏紙袋的人家用一塊床板拿到屋外拿兩塊石頭墊高做工作枱開工黏紙袋，賣飛機欖出來小巷泡製他的產品，女人在那裏角落為人梳頭，街上變得熱鬧有生氣。小孩子沒有鞦韆、滑梯可玩，只好推着木櫈當推車追逐。當太陽紅着臉要西下時，巷外響起鑼聲，賣麥芽糖老人打着小鑼高呼：「麥芽糖，東莞麥芽糖」，孩子們聞聲停止玩耍，都鬧着老人把日間執回來的空牛乳罐、破暖水壺蓋等交給他，換來一點麥芽糖。小金桃住地庫床位，爸媽日間到工廠做工，小金桃想吃麥芽糖，就把家中暖水蓋拿去換麥芽糖食。爸媽知道後，告訴她爸媽有錢時會給錢她去買。鄰居住的良哥良嫂是一對小夫妻，小金桃問良嫂何時會生小弟弟，望他快生一個，她願意為他們揹小弟弟，唱：「月光光，照池塘，年卅晚，吃檳榔」給他聽，只要弟弟食完牛乳的空罐給他就夠了。不久良嫂生下女兒，但良嫂告訴小金桃，良哥失業了無錢買牛乳，餵人乳，小金桃的希望落空了，自然失望。

現在的兒童玩具愈來愈奇巧，一般兒童也不至於要到垃圾堆拾斷手折腳的洋娃娃。但五十年代的窮家孩子，買不起玩具，家長只能供他們要等到 16 歲後，出來工作才能逛玩具店，明明是哄人的謊話，童心唯有希望快高長大，16 歲出去搟錢買玩具。

〈玩具〉中的小晴晴，唯有到木屋附近的垃圾堆拾富家拋出來的東西，執到舊平底鞋，便想可用來製火船仔。她帶回家，姊姊合穿，抹乾淨便穿在腳上跟男朋友去玩。第二次拾到手提包，以為姊姊也喜歡，誰知姊姊說她是女工不像那些穿紅戴綠花枝招展的富家小姐一樣攜帶手袋。又說她到 16 歲就明白。〈玩具〉反映出當年貧富的分別，女工是不配花枝招展的。現代的孩子聽起來，也許覺得是天方夜譚。

六十年代吳其敏主編的《五十人集》在「生活素描」欄下收有海辛的短文〈海上的談話〉，三個海員遠航歸來，一人眼望着西環，一人卻注視筲箕灣，他們說天上牛郎織女一年有一會，海員也似牛郎織女，一年會一次，有時兩三年才一次，甚至船觸礁沉沒連屍首也回不到家。

有的海員本來估計走完一水船就結婚，但一水又一水卻結不了婚，因為賺不夠錢不能結婚。好在女友情比金堅，車衣奉養父母，還願意一年一年等下去，甚至等十年，知己難得，自感幸福又難過。

1998年由廣東省作協，香港作家聯合著的《粵港澳百年散文大觀》，收錄海辛〈拒絕被曬乾的魚〉短文。一位住艇屋的老漁民，一生對着海，嗅魚腥味，妻子想上岸住，兒子嫌父親一身魚腥味，不肯繼父業，去學修車做修車工人，並申請得廉租屋，叫老父不要出海打魚在家享福，朝早飲茶、中午飲酒、下午弄孫之樂、晚上看電視。但「他覺得這不是享福是等死。」所以整天不暢快。

後來看到澳門龍舟在港島國際龍舟賽奪得錦標，主持鼓手是位七十多歲的老爺，他認為澳門的勝利是靠老鼓手指揮對路，他「大火點」也是龍舟鼓好手，拒絕做被曬乾的魚，因而瞞着家人去幫一寡婦曬鹹魚，寧願每晚歸家時先用半個鐘頭沖洗魚腥味。可惜曬魚場將被建成大廈，他只好對自己說：「以後我只好在海濱釣魚了。」

海辛這些散文，特點是每篇都有故事和人物。第一特點是每篇都言之有物，反映香港五六十年代木屋漁民、海員、窮困者的真實困境。其筆下的女工有着純美的精神人格，為了愛人可為他等五年十年，現代人會覺得很傻。那年代的確有這樣人格高尚的女性。

海辛歌頌的正是上面那些正面的人物，都充滿善良、純真。我是那個時代生活過來的人，我見過許多這樣的人，自然也見過相反的人，構成了香港這個光怪陸離的世界。多謝海辛，他細心觀察並為我們記錄下來，作為歷史的見證。

他的散文也許少用許多形容詞，也沒有甚麼新創意，不是談情說愛、感嘆情為何物的學院派所謂美文，但他的吸引人處，又豈是言之無物、無病呻吟者所能企及的呢？

海辛說他很重視他創作的兒童作品，他初出道就是寫兒童故事，他是受了五十年代兒童作家胡明樹的影響。胡明樹五十年代初返國參加新中國工作，不知現在還在否？

《香港文壇》2005 年 6 月號

金依（張初）作品反映香港底層

早期受廖一原影響

金依原名張孌雛，改名張初，老朋友叫他做「初哥」或「初兄」，他都接受。初哥有ABC之意，所以我叫他為初兄。他早期的作品常用「芸芸」這筆名，意取寫社會上「芸芸眾生」之意，有多本書在上海書局及屬下書店出版。

這其間的作品着重傳達做人與修養的見解。他自己說是受了廖一原（俞遠）作品《思前想後》、《峰迴路轉》等的影響。當年香港年青人由於國內解放，韓戰爆發，聯合國禁運的影響，人浮於事。年青人生活、出路、友誼、婚姻和愛情都感困惑，所以他五十年代至六十年代，寫出了《幻戀》、《迷途的少女》、《醜陋的春天》、《挫折》、《蜂與蝶》、《風雨異鄉人》、《紅綠燈下》、《春郊三鳳》等。他試圖用當時左派人士認為正確的方式，通過他筆下的人物去解釋思想和做人，人物描寫稍欠深度。

他曾在《海洋文藝》答讀者信中這樣說：

「但當時這些寫作，由於對社會認識不深，對文藝的方向和任務也不夠理解，多着重於描寫心靈的美醜，卻沒有寫出美醜是怎樣來的。」也就是說未達到深度描繪和剖析，這亦是當時青年作者所用的寫實方法的普遍毛病，他不諱言自己的不足。

反映香港底層生活

香港進入六十年代，社會工業轉型，小型工業從小到大，外圍資金進入，當年製衣、電子、機器、鐘錶……等吸引了很多工人工作，待遇也提高，尤其是電子廠，待遇異於傳統老工業，上班有專車接送，福利豐厚，康樂也很活躍。新工業工人需要年青人，精神飽滿，眼明手快。但這類工人隨他們年齡增長，便不能繼續做下去，特別是女工和童工，初時以為是天之驕子，事實上卻是搾取他們的青春。金依作品描出本質，揭露真相，並寫他們的覺醒和合理的抗爭，必須通過集體的力量，團結起來，才能取得成果。他的小說《還我青春》包括二集《大路上》、三集《小琴表妹》、四集《原子塵》六十萬字四巨冊，就是他的力作。他說的故事大多是他朋友的事蹟，記錄下來，加上虛構再加工創造而成，並用筆名「金依」。「金」是説他當年曾在五金廠，「依」是曾在製衣廠做過短期工作，湊成筆名。

《還我青春》這部小説，反映的就是香港社會在六七十年代轉型後，勞動大眾在新形勢下，在工作、家庭以及精神意識的變化。接着他再寫《迎風曲》。他説這部小説是他的代表作。此書 1975 年曾由泰國瑪希隆大學譯成泰文出版。潘亞暾説金依曾對他説，他當年寫作難免受國內極左思潮的影響，是美中不足，但他並不諱言這缺點。

《迎春曲》內容寫一對勞苦姊妹。姊姊希望妹妹讀書成材，以改善生活環境，辛苦工作都是為妹妹多讀幾年書；但唸書的妹妹卻要走到工人生活中去，與他們同甘共苦。他構思此作品的大綱在一次颱風襲港時遺失，他再寫成後又在電車上讓扒手偷去，結果又再寫。但這有個好處，就是讓他自己「經過再三構思」，反而較為認真一些。不過他還是自覺苦悶，因創造出來的人物表面化，「血肉不足」，自覺不能突破原有的水平。

退休後的另類作品

他是 1991 年退休的，退休後他逐日在報上寫《素描香港》短文，寫香港生活編報半世紀的所見所聞，並由畫家歐陽乃霑速寫插圖，深受讀者歡迎。《鑪峰文叢》第三輯曾徵得他選一本參加，進行申請時未能得到藝術發展局同意撥款，令人感到遺憾。《素描香港》後來才由三聯書店分四冊出版，這也可看出藝展局眼光淺短。香港作家聯會組織的「香港作家出版社」出版十本《香港作家文叢》，徵得他選出《金依小說選》參加，北京人民文學出版社還出版此書簡體字版，在國內發行。不久金依奉子女命移民多倫多，他寫移民生活的種種叫《悲歡異地情》，後來又寫佛門糾紛的《無常》，應該是最後的一部小說了。但不知會不會執筆再寫，不過即使不寫，他已有著作 36 部作品面世，稱得上是著作等身了。

香港寫文學批評中人，往往關注的是流行小說，風花雪月，卻往往把寫底層生活的、反映小市民，工人生活等現實主義的作品邊緣化，難怪有位香港文學評論家，當他和金依談起他眾多著作時，竟訝異自己沒有看過他的作品，所以金依曾在他的《金依小說選》「代序」中說：

> 因為我寫的多是下層小市民尤其是香港工人的生活，香港雖是個工商業社會，工業人口數以百萬，但他們的生活和做文學工夫的人往往是兩個世界，那就無怪反映他們生活而又不着意研究技巧的拙作，不為論者所

知了。

那些學院派的研究者、文評家，一如孔明論大儒小儒，說小儒只知尋章摘句，整天喋喋不休張乜金乜，人云亦云，一窩蜂攀附所謂名家，卻忽略世上還有另類其他的文學作品。正如沈從文先生在《邊城》的題記上所說：

> 大凡唸了三五本文學理論文學批評的洋裝書籍或同時唸過一大堆古典與近代世界名著的人，他們生活的經驗，卻常常不許可他們「博學」之外，還知道一點點中國另外一個地方另外一些事情。

沈從文的這些話說於本個世紀前，但現在不是還有這樣的學者在？難怪金依老兄有點感慨說：「香港底層勞苦大眾的愛憎與哀樂，做文學研究工夫的人『應明白』的，似乎不太多呢。」

金依出生於1927年，希望他還是按本來的宗旨繼續寫，這年紀的人大多讀過高爾基的傑作《底層》，並受其感染，現在則文學界提都沒有人提了。

話是這樣說，不過近年有些年輕學者，也開始注意這些被邊緣化作品的研究，我知中文大學有幾位學者，都是有心人，只是研究者數量還不多而已。

金依作品年表：

1.《少女日記》（筆名芸芸）	自學出版社 1952 年
2.《幻戀》	上海書局 1957 年
3.《醜陋的春天》（電影《春夏秋冬》）	宏業書局 1965 年
4.《職業青年生活通訊》	宏業書局 1965 年
5.《風雨異鄉人》（綠邨電台改為廣播劇）	宏業書局 1965 年
6.《勵志篇》（雜文）	商餘出版社 1966 年
7.《少女交友寶鑑》（雜文）	商餘出版社 1966 年
8.《小當家》（報告文學）	文教出版社 1969 年
9.《紅綠燈下》	宏業書局 1969 年
10.《挫折》	中流出版社 1970 年
11.《蜂與蝶》	中流出版社 1970 年
12.《還我青春》	文教出版社 1971 年
13.《大路上》（《還我青春》二集）	文教出版社 1971 年
14.《春郊三鳳》	中流出版社 1971 年
15.《小琴表妹》（《還我青春》三集）	文教出版社 1972 年
16.《原子塵》（《還我青春》四集）	文教出版社 1972 年
17.《迎風曲》（由泰國瑪希隆大學譯成泰文）	文教出版社 1972 年
18.《泥裏的人》（鳳凰公司拍成電影《泥孩子》）	商務印書館譯成英文出版 1972 年

19.《不落的花朵》 文教出版社 1973 年

20.《友誼橋》 文教出版社 1973 年

21.《怒海同舟》 文教出版社 1974 年

22.《同心結》 文教出版社 1975 年

23.《知心友》 文教出版社 1975 年

24.《街童》 文教出版社 1976 年

25.《籮頭傳》 文教出版社 1977 年

26.《逆弟》(中篇小説) 海洋文藝社 1978 年

27.《初入世途》 文教出版社 1978 年

28.《錯失》(中篇小説) 花城出版社 1984 年

29.《香港水上一家人》 花城出版社 1987 年

30.《樓下樓》 友誼出版社 1988 年

31.《金依少年小説集》 香港山邊社 1990 年

32.《相愛和相處之道》 萬里書店 1991 年

33.《金依小説選》 香港作家出版社 1997 年

34.《素描香港》(歐陽乃霑插圖)共四冊 三聯書店 1999 年

35.《悲歡異地情》 天地圖書公司 2000 年

36.《無常》 天地圖書公司 2001 年

此外早年金依曾跟華嘉學習方言文學，所以他最早的作品還有許多説唱著作，他又參加過陳文統(即梁羽生)

在香港文員協會的文學班，所以他說華嘉、陳文統是他的兩位恩師。

《作家月刊》2006 年 4 月號

從土包子到名作家
——與海辛對談錄

在香港寫作超過半個世紀的作家海辛，著作豐富，主要寫的是現實主義小說，也寫過詩，編過電影劇本，還有其他文類的作品……林林總總已印成書的，不下四十多種，堪稱是著作等身。他的作品主題都是反映香港的現實，不作無病呻吟。他來自底層，認識底層的生活，所以很少寫上流社會生活，我想他寫上流社會的話，就未必那麼得心應手。以我所知，他很少與這類人接觸，對那一階層生活生疏，相信寫起來難以達到深刻和細緻。

海辛原名鄭辛雄，廣東中山人，當他正應該求學的青少年時代，卻碰上抗戰時期，令他沒機會繼續學業。從15歲起，升學之夢幻滅，迫於生活，同我輩許多朋友一樣，只得離鄉別井，出外謀生以幫家計。他從小就喜愛文學，利用公餘和晚間休息時間，在燈下如飢似渴地讀他從三聯書店買回來的文學書。他說尤其喜歡田間、艾青、綠原、魯藜等人的詩歌。從高爾基的《童年》、《高爾基的一生》……等作品，認識到高爾基差不多是從垃圾堆裏站起來的窮孩子，由於自己不斷努力和苦鬥，使他成為從俄羅斯到蘇聯的第一流作家，被世人稱為「文豪」。這種苦讀的火種，更點燃起他童年時代的作家夢，他抓緊公餘空間，在燈下、或蹲廁時，都手不離書閱讀。除書本外，每天又讀《華商報》、《文匯報》上副刊的小品、雜文、隨筆、新詩、生活故事和連載小說，並開始學習執筆為文，向報紙投稿，作品被發表，使他得到很大鼓舞，成了寫作的起點。

後來他又報讀「南方夜學院」文學系，這學院大專程度，是由當時南下香港的進步文化人、學者林煥平、馬鑑、章乃器、侯外廬、鄧初民、林林、雷石榆等人創辦和任教。他讀的是文學，使他擴闊了閱讀視野，接觸到歐美許多著名作家如傑克倫敦、馬克吐溫、德萊塞等的著作；又有機會聆聽圈內外許多名家學者的講座，如曹禺、洪深、黃谷柳等。所以海辛說：「名家師長的演講內容豐富，閃爍智慧之光。」「聽講座一夕話，勝讀十年書，促進我健步走上文學的道路。」

因投稿關係，他結交了報上許多同人，像秦西寧（舒巷城）、李陽、羅琅、譚秀牧、韓中旋、吳羊璧、金依……師長輩如吳其敏、劉芳、劉芃如、梁羽生、鄭樹堅……等。

他還是鑪峰雅集創立人之一，幾十年來，不離不棄，為香港文學愛好者建立了一個以文會友的平台，使大家有機會談文説藝，難得的是數十年如一日的堅持，使它成為香港歷史悠久的文藝團體。若説鑪峰雅集對香港文藝作出一定的貢獻，那麼這貢獻就離不了海辛這個中堅分子。十幾年前香港作家聯會成立，他是三十幾位發起人之一。最初作家聯會會員班底許多就是鑪峰文友。

鑪峰雅集到今年已踏入第四十六個年頭，他們每星期天，風雨無阻茶敍，計算一下已有兩千三百多次，海辛的出席率是最高的。我與他見面還不止上列次數，所以我早就想和他對談一下他對文學的見解，下面是我們最近的對談記錄，也許可讓朋友了解一下海辛。我也得益良多。

對談

羅：你第一次來香港是抗戰開始的1939年，因日本侵華，鄉下受到敵機轟炸，與姊姊逃難到香港，但住不到一年就返鄉下中山；第二次來港是1946年，抗戰慘勝後，聽説你當時想到智利找你爸爸，結果卻長住下來，為生活所迫找工作謀生，你可否把這段歷史講講？

鄭：抗戰勝利後，鄉下國民黨管治很差，留在那裏根本沒有發展，母親叫我到香港，設法找親戚幫助到智利找我父親。我父親原是富有華僑，曾返鄉下蓋了座大房子，但晚年變成一貧如洗，且在智利另有家室。日軍侵華時，任何窮人都得到救濟，我們這些華僑家庭，別人以為很富有，所以沒得到一點救濟，外匯又因戰亂中斷，許多人活活餓死，幸得母親在田裏耕作，才能把我們養活，所以我那時恨透我父親。我抵港要去南美談何容易，所以到港後，第一件事就是找生計養活自己，曾到表哥麵包店做散工，然後到般含道一間理髮店當學徒，替客人洗頭，做了幾個月後，在銅鑼灣「灣景酒店」做侍者，專門接待外國水兵，當時維多利亞公園還是海，未填成陸地。工資加貼士，每月有一二百元，收入不錯，不久回西區一間五金電筒廠寫字樓做打雜。

羅：你做過麵包店雜工、理髮店洗頭、酒店小厮、電筒廠打雜，你最後一份較長的工作是進電影公司學編劇和宣傳，你是如何進電影公司的呢？為甚麼又要離開？

鄭：朋友莫朗朝（現居美國）在中聯影片公司搞宣傳工作，邀請我一起工作。進中聯後，跟導演劉芳學編劇，曾編劇本《表錯情》和《春香傳》拍成電影，也編過其他劇本，卻未拍成片。後來鳳凰影片公司知道我在宣傳方面做得不錯，便叫我去鳳凰公司做宣傳工作，一直做到七十年代中期，才辭職轉為各大報章雜誌專職寫稿，自此成為職業文人。

羅：你專職寫稿後，遇到困難嗎？出書容易嗎？

鄭：那時投稿並不難，但有的報館經濟卻困難，我曾經為《文匯報》寫稿整年沒收到稿費，後來他們一次過給我。初出茅廬新人要印一本書的確不容易，香港新月出版社印秦西寧《再來的時候》、李陽《海與微波》、譚秀牧《明朗的早晨》和我的《遠方的客人》，還是得到顧鴻兄的支持才能出版。在香港為我印第一本書的是藝美圖書公司，是我最早的長篇小說《青春戀曲》，雖有稿費，也只得啖笑而已，但已很高興了。

到了後期情況才比較好些，上海書局、中流出版社、世界出版社⋯⋯等已肯為我出版小說，真是高興。而且這些小說我知道許多有再版至三版，但那時作者印書，只是一次過斷稿費，像何達寫的《你就是天才》，一紙風行，多次再版，作者生活一樣困難，俞遠（廖一原）的《思前想後》銷了二十多版，情況也是如此，我的更不用說了。到了八十年代後，有些改付版稅制度，再版才有版稅可收。

羅：我知道你在天地圖書公司出版的《塘西三代名花》出版後，銷路不錯，當年啟德機場，候機室寸土尺金地方都有賣你這本書，得到輿論界推介，聽說版稅也有可觀的收益，證明這本書寫得成功，你可否說說你是怎樣構思故事和取材的？

鄭：我第一次來香港是 1939 年，住在石塘咀我表哥的小雜貨店，香港俗稱「士多」，售賣零食汽水啤酒，出租麻將牌給交際花消遣，石塘咀一帶是有名紙醉金迷的風月區，山道上入夜滿是花枝招展的妓女，伴着麻將聲、音樂聲，吵得很。那時年紀小，常跟着表哥送出租麻將牌等給那些交際花，見過她們家中情況。她們住的地方豪華漂亮，一戶四人，有女傭服侍，十三四歲的養女是歡場接班人，她們收入可觀，有一名叫「花影恨」的名花，就在我住的那幢樓樓上自殺，來了許多記者採訪，剛巧我見過，也聽來許多關於塘西風月的資料，又認識那交際花的接班人和俱樂部的侍者，我寫的小說資料就是這樣得來的。

戰後 1946 年我再度返香港，已愛上寫作，希望把過去經歷所知寫出來，但那時未有這能力，我進電影界後，常懷念塘西，假日總會到塘西走走，跟為人㓟面的女人、理髮師，或補鞋匠談談，更重要是聽他們憶述昔日塘西風貌，搜集資料。此外我住的村子，也住了許多由塘西一帶搬來的住客，到茶樓飲茶，聽他們講塘西舊事，也有些曾是在九龍廟街工作的女傭，也讓我聽到廟街的故事，便把歷年搜集的資料寫成《塘西三代名花》、《花族留痕》和《廟街兩妙族》等系列小說。

羅：你寫的這幾部作品，都是香港的故事，有人因此說你是香港鄉土作家，你對此有甚麼看法？

鄭：前不久，有位寫意識流馳名的老作家，說我是現代作家。

「鄉土」和「現代」我都接受，都喜歡，總之我活着實現我在鄉中讀書時的少年作家夢，幾十年來寫了並出版了三十多本長短篇中篇小說，它們或許粗糙、稚拙，但都是生根於我生活作息四十多年的香港土地。另外也生根於育我十多年的故鄉中山鄉土。我並不臉紅，稱它們為——作品。

羅：劉登翰主編的《香港文學史》第六章提到你作品早期由於經驗不足，常先入為主，過份解釋作品主題缺點、影響深度挖掘，如《遠方的客人》、《寒夜的微笑》都有這毛病。

鄭：當時所見所聞都是血淋淋的現實，用筆來寫，沒有很好構思。目的表現小人物不平掙扎的聲音，加之力有不逮，是缺點便得承認，才會進步。我不怕人嘲笑自己天真，我覺得真、善、美、友愛、互助，應該是一張很好的藥方。

羅：你的《乞丐公主》出版後，廣州《羊城晚報》連載，花城出版社還印了內地版，有人認為作品歌頌了年輕一代追求「自立」的精神，具有深刻的意義。作品飲譽內地讀者，銷量可觀。此後你有《塘西三代名花》、《花族留痕》和《廟街兩妙族》出版，被譽為是香港社會的「人間喜劇」。通過小說關聯起香港歷史的變遷，內涵比過去作品豐厚，人物之間恩怨，也使小說更有可讀性。被譽為「具有濃厚香港本土意識的力作，是香港文學的重要收穫之一。」為過去的塘西風月、廟街風情留下一份記錄。也有年輕人問你對創作突破、創新的問題。

鄭：我認為，一個作家的「突破」與「創新」是在創作時應走的道路。多年來，我執筆寫一篇小說時，頭腦裏就想到「突破」與「創新」。

可是，當我記起讀到一些突破和創新的作品，它們十之八九都把溝通廣大讀者的大門關掉，甚至連通風透氣的窗子也緊閉，文字語句艱澀難懂，到處設下障礙，到處都是難讀的謎語，諸多留難，拒絕讓讀者走進自己的作品世界去。我決計不走這條坑窪之路，但我又不想循規蹈矩走前人走過的傳統老舊之路，我稱之為舊現實主義。

首先，我在選擇題材時，力求和前人的作品不雷同，揚棄的是氾濫陳腐。在剪裁材料時，多用心思安排和剪接，盡可能剪出新花樣，盡可能在言語上多些洋溢地方色彩，但切忌荒僻，更要設法透露不可少的詩意。我收集在《海辛卷》的好些篇短篇小說，就是這樣完成的。

當然，我不敢說「創新」，我只能說是我的實驗罷了。

尾聲

《海辛卷》中附有黃自力對海辛創作的評論，他說：

「創新只是相對海辛本人而言，從廣義上說來並不算新手法。但若回顧早期的概貌，他只是滿足於現實的模擬，過份依靠主題和情節，停留在形象和平面的刻畫；再簡單回顧香港的創作環境以及現代小説的困境，那麼就可看出海辛所作的是新鋭的探求。」

這個訪問寫於1984年，其後海辛連續出版了幾本小説，以我所知有《戴臉譜的香港人》、《塘西三代名花》、《花族留痕》、《廟街兩妙族》……等。

評論界認為這些新作不管從題材的選擇，還是立意上已有所不同，都已不是借助人道主義看待社會，而是試圖把社會看作發展變化的脈搏，把人物同香港歷史變遷聯繫起來，使內涵比過去豐厚，用歷史性的傳奇和本土味去吸引讀者，同時筆調變得幽默、風趣，發揮出想像力和審美能力去透視香港社會。也就是説海辛進步了。

海辛又有一本原創小説《缸瓦陶瓷魔幻緣》由文匯出版社出版。海辛先生已是古稀之年，創作力卻旺盛，佳作源源，真值得同輩學習。重要的是，他自已曾説：「我説我不遷就讀者，所謂不『遷就』就是不寫低級趣味、庸俗、黃色的東西。」

也就是説他雖是窮作家，但卻寧捱窮，也不去遷就現今流俗所喜，過去流俗所輕！他就是這樣一位香港作家。

《香港文學》2006年3月號

註：上面對答提到「羅」，即羅琅（筆名：羅漫、羅隼），「鄭」即鄭辛雄。我們叫他做「老鄭」，因在我們這班人中年紀較大。

《廖一原小説集》的時代背景

2000年天地圖書公司出版的《廖一原小説集》，共收《思前想後》、《峰迴路轉》及《我們這一群》三篇小說。前兩篇是姊妹篇，後是獨立篇。在集中除文本外有「吳羊璧」及「羅琅」的兩篇「序」。未見廖先生談及斷市多年再版起因的介紹，自覺是美中不足。其實廖先生曾為這小説集再版寫過：「寫在重新出版前的幾句話」，介紹了該書三個小説當年的歷史背景，出版後得到讀者熱烈反應以及再版前後他的想法及最後決定合訂版的原因。

這篇文章可幫助讀者了解作品的時代背景，很有價值。可惜最後他沒有把這篇文章附上去，我想這可能是作者謙虛的結果，同時希望讓讀者在閱讀時從故事情節去理解當時的環境，而不由他自己再作介紹。

廖先生在上文中說：「那個年代（指五十年代初期），香港是英國統治的一塊殖民地。太平洋戰爭雖然結束了許多年，但是，社會貧困、民生凋敝，而社會風氣也極不正常，社會現象一片光怪陸離。身處遭受各種各樣的壓力，生活得艱難困苦，以至於喘不過氣來。有些人因此整日長嗟短嘆，埋怨時運不濟：有些人則彷徨無措，悲觀消沉：但是有許許多多青年男女和勞動階層的人們卻在咬緊牙齦，苦撐苦拚，在困難面前誓不屈膝低頭。他們之間、相濡以沫，彼此關心，互相扶持，堅信美好的明天將會到來。」

他筆下的人物初時還是「整日長嗟短嘆，埋怨時運不濟」的人，有着許多不正確的觀念，而他經過那些「咬緊牙齦，苦撐苦拚，在困難面前誓不低頭」的工友教育引導才走上正途的。當時國內解放，社會欣欣向榮，香港許多上述的男女青年勞動層，歡欣鼓舞，對未來充滿了信心，憧憬着香港也會有這一天。甚至摒棄工作北上為祖國服務，大不乏人。至於後來發生種種政策失誤，那是後話。

廖先生的《思前想後》、《峰迴路轉》、《我們這一群》題材內容「這是以上的社會現實生活為基礎」而寫出來的。所以作品問世後，接到許多讀者來信，表示得到有益的啓發，不止是香港讀者，南洋尤其星馬，更受歡迎。讀者這樣的反應，廖先生說：「給予他『以莫大鼓勵』。」又說：「這幾部作品之所以為當時廣大讀者所歡迎，大概是因為作品能比較真實地反映那個年代一些社會現實生活面貌，而作者在作品中所表露的愛憎分明的樸素真摯的感情，引起了讀者們的共鳴。」

當年的星馬，同香港一樣是在英國人的殖民統治下，在那裏生活的人，同香港景況大同小異，雖然兩地環境不盡相同，但華僑青年同香港同胞，許多感同身受，所以他們喜歡説到他們心上的作品。作品不止反映兩地的青年所追求的理想，也從作者的思維觀點，找出做人的道路，自然受到歡迎。廖先生也感到題材有現實的基礎，但「對人物性格的描繪以及故事情節鋪排也顯得浮淺單薄。」

逐日連載逐日寫，有這種缺點是可以理解的，他當年印單行本時，當時廖先生是電影公司的負責人，工作忙，小説是刊完一本略經潤飾便去排印，往後再版是出版社自己決定，作者工作又那麼忙，也就沒有好好的進行修改增刪，甚至印小説集時只是略改錯別字，盡量保留與作品初面世時的原貌。

廖先生早年在香港文匯報主編過副刊「社會大學」，這個副刊是許多職業青年寫作、教育、陶冶、解惑、處世、對人甚至如何對待正確愛情態度的修養指南，當時許多報紙都有指導青年對待正確人生觀的信箱，「黎於群信箱」就刊於「社會大學」版。而廖先生的小説大都也刊在那裏，而不歸入小説版，可見那些小説，不淨在講故事，以曲折離奇吸引讀者。我的一班朋友，當年都是二十歲左右，這年紀正應是讀書求學的時代，但因他們都經歷了日本侵略，致令他們失學，一早就出來社會工作，為自己謀生計，也得以賺工資幫助家庭，他們也知道如果想有更好的前途，就得利用公餘追求知識幫事業有所進步。有的人工作時間比較好，可以去讀夜校，但更多人放工時，夜校已下課，那麼他們就只好依靠報紙、書本爭分奪秒去求得進步。社會大學式的信箱，就吸引了許多讀者。當時著名的信箱有：「李夫人信箱」、「莊綺信箱」等，前者只幫青年人引導職業、做人、戀愛、讀書等，後來也印成多本修養讀物。後者則是專講衛生、醫藥等一類問題。前者的主持人有陳文統（梁羽生）、高朗，後者則是龔公任真漢。黎於群則是多人的共同筆名。

廖先生的小說是逐日刊登，近似日記，日日有聯續，但又每天可成單元。不久廖先生入電影界為負責人，日常事務很多。自然沒有時間進行修改，加之「事過情遷」，也沒有想到再版，朋友則認為他的作品「可作一種側面反映當時此地的社會狀況的歷史資料看，歷史是不應也不能劃斷的。不了解昨天，也就不可能認識今天」。有感不能主觀對待文藝作品，最後，才決定合訂成一本集子出版。讓青年們有機會重讀到當年的重要作品。我曾催促他拍成電影，他工作很忙，在再三考慮下才決定改編拍成電影《十號風球》。

《作家月刊》2005 年 9 月號

《廖一原小説集》出版經過

1999年深秋，某天我翻閱廣東人民出版社出版的《方方研究》。在廣東及香港，很多人都知道方方是個重要人物，他在周恩來的領導下，自1946年至1949年期間，曾是實際領導香港文化宣傳工作的負責人。左翼的《正報》、《華商報》，以及「達德學院」……等都在那時建立，宣傳解放區的進步，培養人才做出成績。我讀到其中有一篇文章，評述方方著的《三年游擊戰爭》，説它是香港文學史上實屬罕見，它給當時和後來者以哲思、情趣的啟迪和薰陶、戰鬥的鼓舞和審美的享受。接着又説：

> 例如五十年代曾發行14版，風行一時的廖一原思想小説，便深受方方的影響而寫出有特色的紀實小説《思前想後》和《峰迴路轉》。

廖一原先生五十年代初（1951年），放下香港僑聯中學教師和教導主任工作，受聘香港《文匯報》為副編輯主任。曾以黎於群筆名與多位同事為該報副刊「社會大學」的「黎於群信箱」答讀者問，幫助戰後、韓戰開始，人浮於事環境中的青年人，樹立生活、謀職、讀書、戀愛、做人處世的正確態度，很受歡迎，我與海辛都曾是受到啟迪的一群。他後來用俞遠筆名以專欄形式寫《思前想後》、《峰迴路轉》、《我們這一群》，從不同角度指導青年進行思想修養，弄清做人的道理，頗有口碑。後來先後由上海書局印成 32 開單行本發行。我當時是該局的發行主任，每次再版通知，都經我簽發，每年總有幾次，每次一般印兩千本，相信上述評述者手頭擁有者是八十年代舊書攤買回來的第 14 版，我是 1967 年初離開上海書局，淨是《思前想後》、經手發印約有四五萬本。《峰回路轉》出版較遲，印成書後、銷路稍遜。

《思前想後》一書，不止受到香港追求進步青年和在校學生歡迎，殖民地時代南洋一帶，尤其是星洲、馬來亞，更是一紙風行，影響很大。

我看了上引那段評述後，致電告訴因病在家休養的廖先生，又影印原文附上字條，建議他把《思前想後》及其姊妹篇《峰迴路轉》兩小説，合印在一起重新包裝、排印，改用大開本道林紙發行，好讓年輕一代知道五十年代還有這樣的好書，雖然作品離現在數十年，但內容教育青年人處事和做人還有現實意義。

廖先生回我電話，反問內容會不會過時？初時定不下主意，但我請他再三考慮我的建議和意見。過了個多月後，廖先生給我電話，說他準備將《思前想後》、《峰迴路轉》連同另一本曾改編成電影的《十號風波》（原名《我們這一群》）的小說，共三個中篇合在一起出版，並希望我幫他進行這件事，因他身體有病，一切拜託。又說吳羊璧兄答應為他寫《序》，要我也寫一篇湊為兩篇。我說寫《序》擔當不起，而且最好由作者寫一篇《自序》，他說想過，但最後覺得還是請我們寫的好。

初時想出三書合集書名用《廖一原文集》或《廖一原小說集》。最後他決定用小說集，但希望要突出原來三本書的名字。天地圖書公司的楊曉林小姐負責設計封面，我將廖先生的意見告訴她，並提議將三本書原來的舊封面作為圖案。這樣《廖一原小說集》包含三本書名同時出現。其實《思前想後》再版多次，已數改封面，現在原封面亦只是其中一種，但不是最早的設計。

內文每單元用舊封面作過頁插圖，使其在統一中又有單元。廖先生仔細重讀並改正一些錯字，內容依照原貌，保留了原來的時代精神。書出版後，有讀者在報上撰文，認為書中那艱難的時代背景，已遠離現在半個世紀，作為寫實文藝作品，反映了社會面貌和那一代人在艱苦中還不忘追求理想，自有其人生價值。但又指出《我們這一群》所強調的意識形態，偏於說教，未必為許多人接受。說的也是現在社會意識形態的實情。

司徒華先生說當年他「每天都讀他在報上發表的《思前想後》、《峰迴路轉》、《我們這一群》。他沒有在課室裏教過我，但在人生、工作、生活上，都給我畢生受用、畢生難忘的教導，在心裏一直尊之為可敬的老師」。

廖先生重印舊作，不同某些武俠小說，隨歲月而修改，或大改特改，自我今是昨非。廖先生就不以今天否定過去的追求，有其對人行事可敬之處，讓作品保留時代烙印，供我們去反思對與錯。

不久翟暖暉先生說起學文書店初成立時有本李堅真寫的《中學生日記》，以女中學生的遭遇，反映當時年輕人的心聲，探討年輕人的思想、修養，增進知識，學習和戀愛等問題，是創店時最暢銷的。這本書在報上刊出時，我也每天追讀，但卻不知也是廖先生的作品，早知將其列入也是美事。廖太太汪雲女士說，這本書被人借去，但借書的人未還，廖先生墓木早拱。她自己連樣書也沒有了。學文書店後改大光出版社，又名信成書局。已在年前結業了，而負責人石煥新兄也在紹興病逝了。不然找他想辦法找一本保存下來。

《香港作家》2004 年第 3 期

高旅的雜文、小說、詩歌

高旅（1918-1997），江蘇省常熟縣虞山人，學名邵元成、字慎之。筆名：邵家天、孫然、林埜、牟松庭、勞悅軒……等。早年進江蘇省測量人員訓練所學習，曾在江蘇省吳縣土地局任技術員。抗戰時北平民國大學自北平遷湖南，他曾就讀民國大學，投在著名史學家翦伯贊門下。

1936 年茅盾編《中國的一日》，他投稿獲得發表，開始與文藝界接觸。抗戰前曾在蘇州《吳縣日報》和《蘇州日報》編《文學週刊》，參加抗戰救亡運動。

抗戰開始，捨棄測量生涯，從事新聞工作，先後參加江蘇《興化公報》、湖南《新化日報》、上海《譯報》、桂林《力報》編輯工作，又任職湖南和重慶《中央日報》（戰地特派員），並曾為廣西《柳州日報》撰寫社論。

任編上海《譯報》時，從上海經香港到廣州，準備去當時政治軍事中心漢口採訪。時經長沙，就留下來參加翦伯贊、李仲融等文化界人士組織的「文化界抗敵後援會」，任研究部幹事，主持研究會工作。長沙大火前夕被介紹到平江新四軍平江嘉義留守處，安排到鄂南敵後游擊區辦油印小報作抗戰宣傳工作。平江慘案發生之際，高旅幸而脱險，又受重傷瀕危，出院後到溆浦找到在民國大學執教的翦伯贊，上了一年學又重新回到新聞界。

日本投降，他加入上海《申報》任特派員，先後到南京、上海和東北等地採訪。1945 年在南京為審判日本戰犯連夜趕寫大屠殺報告；1946 年初北上東北時為爭撫順礦產、以趙公武軍中秘書身份與據而不走的蘇軍代表談判，徹夜激辯，逼至對方詞窮後下令集中驅解。

1948 年和 1949 年在青島養病時適逢全國解放，1950 年應時任香港《文匯報》社長張雅琴、友人嚴慶澍和總主筆聶紺弩之邀來港任《文匯報》主筆，後調任資料室兼任「書的世界」特刊編輯，開始發表文學作品和電影評論。至 1968 年因抗議「文革」而毅然辭職。

輟筆十三年後的 1981 年，他重新執筆，為報紙專欄撰寫大量雜文、小説和詩詞等，1997 年因急性心臟病發作逝世。

他自 1950 年到港進新聞界工作，餘暇時則進行文學創作，有雜文、小説和詩詞幾十種之夥問世。高旅在港幾十年，究竟寫了多少作品呢？據我統計，其文學作品，已出版和未出版的有 34 種，翻譯則有 5 種，已出版 15 本，還有大部份屬未刊稿。

雜文

在散文方面，聶紺弩最讚譽的是高旅的雜文集《持故小集》，他說：「持故好，博學卓識，有知堂風味，但知堂抄書多勝他，海內以博學知名者為錢鍾書，他只識文藝，你比他天地闊，總之讀書多，記性好，其用無窮。」又說：「很耐尋味，讀時常不忍釋卷，故為勤進。」他又指出：〈唐代貶官〉、〈孫行者不能代取經〉等文，似可以多寫，易寫、易發表，且無人能達此水準。

文革狂飆肆虐神州大地，四人幫作惡多端，他作為一個正直的左派文化人，憤而於 1968 年 3 月離開《文匯報》。直到四人幫覆滅，才於 1981 年尾重新執筆，在《大公報》副刊撰寫每週一篇的「持故小集」雜文。後來在北京三聯書店出版的《持故小集》，就是復出後第一年的結集。

1984 年，筆者曾撰〈香港作者的所思所想〉一文，發表於北京《讀書》第八期，以作推薦，接着內地有邵燕祥、谷林等人對高旅文學評介的文章陸續見報。我還聽說，高旅有多篇文章也被選入《中國雜文鑑賞辭典》。高旅曾告訴我，上海復旦大學選有多篇其作品作為參考教材。

《持故小集》的文章主要是批評和諷刺四人幫時代的假大空、批儒尊法的荒謬及反學術反文化的謬論。原作有 70

篇，出版時被抽去 3 篇，只刊出 67 篇。

1989 年，高旅出版了第二本雜文集，書出版後，吳其敏老先生在《大公報》的專欄「坐井集」中說：「打從七、八年前開始讀高旅兄寫在報上的『持故小集』專欄，我便由衷的對自己說，寫文史兼及社會事態的雜文隨筆，應該這樣的寫法才是。用概念般的說法，以『言之有物』來判斷它是不夠的。光是有『物』，頂甚麼用，必須是活物，具有實際效用的善於多方面結合的活物，『持故小集』有的就是這一種活物。」

吳老又說：「我每讀一篇，便在心裏重複的說一次；社會性的文史隨筆，一定要這樣寫，然後於人有用，而同時於自己也不會白寫，不過知之匪艱，行文維難。要我來寫，就一定寫不出。因這樣的文章，必須有很多先決條件，首先，作者必須有匡時諷世的本懷、博聞廣知，其必須有深厚的積學和駕馭材料的才能，而最終決定成敗，還必須看他面對課題與素材，有沒有敍出異乎尋常的卓見與特識，高旅兄這幾方面的條件都具備了，再加他老成持重，虛懷若谷，所以筆墨所至，莫不波瀾盡生，風雲四起。仍急於捧卷重溫，余生年略多高兄數歲，於學識則矮他一大截。」他又說：「所以見贈書，卷首題簽竟呼余為『前輩』，一陣面紅耳赤，不免怪他玩笑開得太大。」這是對高旅的《持故二集》評價，可看出他對高旅的作品十分鍾愛。

1995年出版了《高旅雜文》，他後來對我說，這本集子想起名為《收爐集》，取酒樓年晚收爐之意。我對他說：「你的雜文不止國內、香港都重視，為甚麼要用『收爐』為名？不如掛正名字為《高旅雜文》，他聽了點頭，所以從第三集開始，他就以《高旅雜文》為書名，又在〈後記〉中特別說明：

> 朋友們說筆者既常作雜文，不妨就用雜文招牌，題「高旅雜文」，遂從之焉。
>
> 《高旅雜文》原本也收70篇，但其中有幾篇文章稍長，因此只收65篇。其中有12篇見刊於《星島日報》，一刊於《人民日報》，一刊於《光明日報》，一刊於上海《文匯報》外，大部份文章均見《持故小集》，所以可算是《持故小集》第三集。

高旅的第四本文集，是以《高旅雜文》為名的「第二集」。此時高旅已逝世，其家人從國內來港不久，向藝術發展局申請資助印刷費，請得從國內來港售賣毛澤東作品去台灣的主持人劉濟昆做編輯選文，劉不熟悉情況，因此選了多篇已選刊的前三集中的舊文，變成重複，又未依高旅生前原意，入選篇數增達百分之二十，即100篇。令人覺得有悖作者遺願，未能盡如人意。

第五集《高旅雜文》則由清華大學王存誠選編（他是邵荃麟和葛琴的女婿），他說：「這個第五集又恢復了 1983 年北京出版第一集的編年傳統，收集範圍從 1982 年初至 1986 年尾以前幾集中未選的都收了進來，共 124 篇，大致是這一時期作品的一半，雖非全豹，雄姿得顯。」

高旅在 1981 年尾曾重新執筆寫每週一篇的「持故」雜文，到後來改專欄名為「勞生常談」，是由於形勢至 1997 年 8 月去世止，約寫了八百多篇，在其他報刊寫有多個專欄，如《華僑日報》的「茶餘走筆」，《天天日報》的「說三道四」，《快報》的「收爐餘話」，還有《東方日報》、《星島日報》等篇幅較小，只是幾百字的專欄還未計算在內，其已出版的五本書卻只收入五百多篇，其中有些還不是歸在《持故》之內。他應該尚有存稿，還可以編好多本雜文。另外，未出版的歷史小說、翻譯小說多種，尚有舊體詩詞一千多首，他的一生可稱著作等身。

高旅的雜文，不僅針砭時弊，而且汪洋恣肆，範圍涉及政治、經濟、文化、哲學、民俗、歷史……等多方面。雖然題材似是日常偶拾，信手拈來，但下筆剪裁，往往言人所未言，見解精闢，娓娓道來，展卷閱讀常不忍釋手，令人沉思，感到張力橫溢，觸動神經。他援引歷史典故、正史或野史，或小說、詩詞相互引證，每能切題，一針見血。諷刺幽默兩兼，文雅風趣，不流於火辣謾罵，又不失溫柔敦厚，這是其特色。因此讀其文而深感到他具有中國知識分子的良知和強烈的社會責任感。亦因此引起那些喜趨於時的牆頭草輩日漸對他疏離和冷待。但柯靈先生就認為高旅的雜文，是賢者立德、智者立言，芳澤永在。

小說

已出版的作品如下：

1、《鑽窗記》，實用書局，香港。

2、《困》（原名：孔夫子與我），上海書局，香港。

3、《補鞋匠傳奇》，上海書局，香港。

4、《彩鳳集》，上海書局，香港。

5、《金剃刀》，人民文學出版社，北京。

6、《限期結婚記》，宏業書局（上海書局），香港。

7、《深宵豔遇記》，宏業書局，香港。

8、《杜秋娘》，三育圖書文具公司，香港。

9、《持故小集》，三聯書店，北京。

10、《過年的心路》，天地圖書有限公司，香港。

11、《高旅雜文》第三集，天地圖書有限公司，香港。

12、《高旅雜文》第四集，香港新華彩印出版社。

13、《高旅雜文》第五集，香港新華彩印出版社。

14、《玉葉冠》，湖南文藝出版社，長沙。

15、《金屑酒》，花城出版社，廣州。

16、《元宮爭豔記》，原稿在天地圖書有限公司佚失。

17、《高旅詩詞集》，香港新華彩印出版社。

上述其中《杜秋娘》在大陸印行 35 萬冊，並被改編為越劇在上海公演，因此該書被當時的台灣當局列為「禁書」，但仍被台灣書商盜印發行。據説《玉葉冠》也在內地印行 20 萬冊之多。《深宵豔遇記》在香港由長城公司改編成電影，由李萍倩導演，深受好評。

1964 年 2 月 3 日，聶紺弩給高旅信中説：「《杜秋娘》一書，曾借與四五人讀過者，均激賞亦是告慰也。」後來信又云：「在寫作中最富現實，能抓住一個時代的特徵，我實喜愛」，還賦詩〈寄高旅〉讚許：

豈有風雨故人懷　萬版秋娘入夢來

好夢千場猶恨少　相思一寸也成灰

對於高旅的小説，聶紺弩還有下列的評説，這是港人不易讀到的：

> 《補鞋匠傳奇》，你的小說，真是香港的小說，……我最喜歡寄親篇，所謂着墨不多盡得風流，有點契訶甫味道，家庭教師略為近之。看斷氣、鞋匠、吃粵菜，看的時候是很有趣，但回味不大，凡是近乎奇的東西，大概都會如此。
>
> 《彩鳳集》，讀過幾遍，覺所寫為靜止香港，而意念中的當在動作中。《彩鳳集》有地方色彩，時代氣息太淡，《深宵豔遇記》，豔遇記結構甚佳，也很有趣，如將每個人物於出場時略加描繪心理過程較多述及便成大作。《金剃刀》，我覺得很有趣，也很緊張，可一直看下去，想少年兒童有同感，是可以出版的，已交人民文學出版社去。
>
> 《玉葉冠》我覺得很好，首先樸素無華，是中國民族形式；二也很有寓意，在某人前，我會以為過火，今則尚可。

到了 1983 年，紺弩給高旅最後的一封信也談到他閱讀高旅作品的看法，他說：

君之小說，似以《困》最佳，寫自己易得同感。《秋》（杜秋娘），《玉》（玉葉冠）次之，亦佳作，反映港市民的《皮匠》、《睹食的館東》、《限期結婚》等使我想到友人中能專憑虛構成説者，推兄第一，但無回味，不及《持故》（持故小集）之正式文章也。

1952年，《香港商報》創刊，據説初創時期，為吸引《成報》的讀者群，因此計劃在副刊刊登武俠小説新創作，就請高旅撰稿，他答應了。剛好彼時粵劇伶人新馬師曾正演出《山東響馬傳》，他就提議寫「山東響馬故事」，遂以「牟松庭」為筆名開寫武俠小説，這也可視為梁羽生、金庸之前香港新武俠小説的濫觴。隨後他又創作了《紅花亭豪俠傳》、《大刀王五》……等多篇作品，皆深受讀者歡迎。到了梁羽生及金庸寫起武俠小説來，他才停筆。

詩詞

在高旅的著作中，香港讀者可能對他的詩詞創作所知甚少。其實，他一生中寫作有新舊詩一千二百多首，他逝世後，清華大學的王存誠先生為他編印了《高旅詩詞》，所收的新舊詩計有四百多頁之夥，內有舊體詩和詞作，還有少許新詩，足有兩千多首。他生前除了抄送朋友之外，餘者皆未公開發表。他手抄《危弦集》，及後乃影印用圖畫銅釘平裝成冊，送北京清華大學的王存誠、邵燕祥及侯井天各二冊，在香港我亦獲贈二冊，王存誠先生有詩答謝：

舉國昏昏二十年，一場冬夢醒如煙。
北荒熱血[1]凝吟草，南海憂思動危弦[2]。

聶紺弩 1962 年給高旅信中說：「近曾讀韓、蘇二集，對古詩略有所窺，知兄詩有大家風也。」湖南的諶震先生推介高旅遺詩的文章，題目就是〈深有預見　當代詩史〉。高旅撰有〈記者與詩〉一文，文中說：「蘇東坡，因為遇事，又遠到海南島。清之黃兩當，查敬業，都有事，或走了不少路，都在做記者。若問幾輩詩人的詩好不好，從這個角度看，要看他是否在記者的生活中得來，便可入選，再論甲乙。」因之認為嘆老愁貧之作，皆可篩去。

高旅的詩詞絕大多數是性情之作，其性情之真率，強烈，往往能夠穿透略為晦澀的詩句，直逼讀者的心靈。

聶紺弩欲在港印行《三草》，指定要高旅作「序」，這也是高旅一生中唯一為人作的「序」。聶紺弩雖曾指高旅詩：「微嫌書卷太多。」但那是兩人風格各異，因此文學界對二者之長皆有評論：聶是「作詩成史」，高是「以史為詩」。又有人說「聶以雜文入詩」，「高是詩入雜文」。

在本選集中，因篇幅所限，我只能選《危弦集》，這是因為此集亦為高旅生前自選手抄的詩選。他的其他作品尚有：

《戰時吟》：寫作於1936至1949年，有詩346首。

《戰後吟》：寫作於1950至1970年，詩291首（作於香港）。

《禁詩》：寫作於1971年至1981年（收入詩325首）。

《高旅詩拾遺》：大都寫作於1936至1996年，部份寫作年份不詳（222首）。

《願學堂詞存》：（詞83闋）。

新詩：（二首）

2000年於香港出版的《高旅詩詞》，厚達433頁。本卷編者只是選取他手抄、自行影印訂裝的《危弦集》，其餘篇幅所限，只好割愛不錄。

2000年11月，由我主編的《鑪峰文藝》曾刊出羅孚先生的大作〈高旅原來是詩人〉，我認為此文是香港本地介紹高旅詩詞的力作，他說高旅：「是一個很有特色的詩人。」

他的詩很少發表，偶然在報刊上發表也是用其他筆名，讀者並不知道那就是高旅的作品。直至十五年前，香港藝術發展局贊助出版了一厚冊的《高旅詩詞》，才使人對其詩刮目相看，原來他還是一位優秀的詩人！

1978 年，他作《六十自壽》詩，詩曰：

老夫高臥日遲遲，六十清吟亦及時。
中國須跟外國走，今人反為古人嗤。
不堪舊話翻新夢，何苦前車作後師。
我有奇詩人未見，空將李杜説參差。

他自己也明白，其詩篇很少發表，故鮮為人所見，他的詩名亦未為人所知。他自己寫的是「奇詩」，就從這首《六十自壽》看來，已經可以感到它的奇氣。「中國須跟外國走，今人反為古人嗤」，這就出語很奇，不同於一般的詩句。其實，他和他的好朋友聶紺弩一樣，也是喜歡以「雜文入詩」的。

早在 1936 年他就已經開始寫詩，1968 年才對之加以整理編輯，先後編成了《戰時吟》、《戰後吟》、《禁詩》等，原是詩詞合編，後來又單獨將詞抽出，輯為《願學堂詞存》。其後他又從詩集中抽出一部份，編為《北門詩抄》和《危弦集》。1997 年，他去世後，家人從他的遺稿中將《戰時吟》、《戰後吟》、《禁詩》和《詞存》加上他未及編進去的遺作以及未定的一些舊稿，編為一厚冊的《高旅詩詞》。那些「人未曾見」的作品才算全部呈現於讀者之前。但《北門詩抄》和《危弦集》之名卻不見於書中，想是已分編進《戰時吟》、《戰後吟》和《禁詩》，恢復原貌了。

「戰時」、「戰後」，這是指八年抗戰和三年內戰。抗戰初起，高旅就投身於前線，作為記者，他到過上海、南京、揚州、徐州、廣州、長沙、湘北、湘西、衡陽、桂林、柳州、重慶……所到之處，皆有吟詠。抗戰勝利後，他又遠赴東北，隨國民黨軍隊去進行接收，這當中就寫下了一些「奇詩」。這些詩篇，有別人沒有寫過的「奇聞」，應都是其本人所見所聞，在詩歌界似乎沒有人寫過，就是在別的報道或歷史記載上也都少有涉及，只有近年才見到伍修權在他的回憶錄中簡單提了一下——那就是蘇軍當年在東北的暴行和劣跡。

美國當年以原子彈轟炸廣島、長崎後，蘇聯向東北進兵，日本的關東軍望風披靡，最後是天皇宣佈日本無條件投降。據說蘇軍在東北，所到之處，燒殺搶掠，不亞於侵略者，因而激起了民眾的反感，但又敢怒不敢言。早進入東北的解放軍眼見友軍如此，亦默不作聲，因為當時的延安將蘇聯出兵說成是決定了日本投降的主要因素和正義行動，居功至偉。

高旅在《記周保中答北疆消息》的詩註中說：「長春初次易手，周為長春警備司令。時彭真、凱豐、呂正操、張學詩等均至。惟周於蘇聯有間言。」高旅的詩有「黑面將軍不頌俄」之語，就是指這件事。他在瀋陽不僅目擊蘇軍搶掠，而且他自己的錶筆也被搶去了，遂拍照片「題句」如下：

蘇式興交也失魂，國風軍紀兩沉淪。
原知生產仗工具，可信學成唯物論。
所幸相機煩客帶，取來背影寫真存。
縱無面目也宜供，且貼窗前識虎賁。

詩註說：「憶及日軍於掠取財物時，每言興交興交。此次則未發一言，因蘇軍撤走在即，記者又紛至，余也重來，知蘇軍仍劫掠，不意竟躬逢身受也。」

當高旅被劫掠的時候，他看到一蘇軍的記功碑，觸景生情，於是作詩諷之曰：

哈爾濱與穆克屯，齊齊哈爾與長春。
五洲側目廣場起，百尺方碑鬧市陳。
應嘆鐫功真得地，更知奪主仗喧賓。
凱旋門上原懸劍，豈是當年羅馬人？

詩註說：「穆克屯係瀋陽舊稱。實則劫掠不止四城。蘇軍所至，一面劫掠『戰利品』，一面即造碑。」又說：「碑頂皆飛機坦克之類真形造型，羅馬人劍器之遺意歟？按凱旋門之原始，植兩矛為門，上橫一劍，驅降俘低頭過之，象徵征服。」

蘇軍自稱在東北所得皆為「戰利品」，高旅另有一詩《戰利品》，亦是批判此事：

草枯十月紅旗黯，風送長春劫後灰。
先鑿宮牆雙軌出，廣收廩積萬車用。
由陳大義應同識，廟算奇謀不費猜。
三百完城皆戰利，問誰為利誰為災？

他在附註中說：長春來人告：蘇軍劫掠偽皇宮，將宮牆鑿一缺口，敷設鐵軌，搬運財物。後至長春，果見其事。又悉蘇軍所至之處，倉庫均搬運一空，最後則將車頭車皮留於蘇聯，不再南下。惟有少數破爛車頭車皮，略維持各路交通耳。鐵路員工述之甚詳。

當年溥儀等被俘，囚於伯力，名其地曰契丹村，他說伯力唐時稱勃利，還設有刺史。原來老大哥原形如此！

高旅斥其斑斑劣跡，悲從中來：「問誰為利誰為災？」這樣的質問擲地有聲，正氣浩然。

我曾在紀念高旅逝世一週年文章中說：「香港文壇失去

高旅這樣的作家，是無可估量的損失。」所據就是聶紺弩給高旅的最後一封信（1983 年 8 月 23 日），「我想説卅餘年來《文匯報》最大功勞，在造就了一高旅。」

高旅畢生創作的文學：小説、散文、詩歌構成了他的文學成就的主要筆陣，香港文壇上，他是一位極具特色的代表性作家，研究香港現當代文學史，他是繞不過去的一座獅子山一樣的文化人、文學家。

註：（1）「北荒熱血」指聶紺弩的《北荒草》。
（2）「危弦」指高旅《危弦集》。

高旅聶紺弩的友誼及其他

多年前某天高旅約我到他家附近的皇后餐室飲咖啡，這裏是我們常會面的老地方。才坐下來，還未叫飲品，他就說送我一本書，接過手原來是聶紺弩詩集《三草》，寫「序」的就是高旅，馬上一口氣讀他的大作，連咖啡也忘了落單。

高「序」寫得簡潔、懇切，說出他對詩的品評見解，文字精練。

高的著作除三育圖書公司車載青兄為他出版《杜秋娘》，求實出版社龍良臣先生為他出版《鑽窗記》、《測量手冊》（以邵慎之真名）、《氣功練習法》（筆名：牟松庭）外，當年出版物大多經我手，唯有《三草》未聽他提起。除高序外集中有多首詩寫的與高旅有關，談的是大躍進時代，國內物資缺乏，高旅屢次給紺弩寄去郵包，主要是食品糖、油、罐頭、香煙、甚至稿紙等日常用品。紺弩說他手頭有數仟元現金，就是無法買到東西，所以只好委託友人接濟了。

高寄的郵包除了通過郵政外，還透過國貨公司專搞港收錢國內提貨辦法，此外報館有人上京如文匯經理余鴻翔、發行主任兼集文出版社經理姚宗乃等人，也託他們帶去。在物資匱缺情況下，聶在中秋收到郵包寫詩寄高旅《柬慎之謝寄罐頭》有文：

月月久盼過中秋，香港捎來兩罐頭。
萬里友朋仁義重，一家大小聖賢愁。
紅燒肉帶三份瘦，黃豆芽烹半碗油。
比腹今宵方不負，剔牙正喜月當樓。

渴時一點如甘露，千里故人寄來紅燒肉兩罐使中秋過得豐盛，不盡感激故人情誼，理所當然。由此可見他們的友情深厚。

《三草》一書出版，羅孚先生居功至偉，原稿也是由羅孚從北京帶港。紺弩時有同高旅通訊，每有詩作也抄寄高欣賞品評，高對這些來信及詩稿慎重保存完整。聶在京因政治問題，屢被送入獄或遠放北大荒勞改，作品自然散佚不少，等到他想編集子，再叫高抄錄寄回給他。

我曾問高旅：「《三草》出版羅孚先生出力不少，為甚麼作『序』卻叫你做？」高旅說：「我也不清楚，他叫我寫我就寫，但我們時在通訊中有討論詩詞問題，並互相批評彼此缺點，他知道我對他作品理解較多。他叫我寫的『序』，看完大為滿意，只刪去幾個讚美詞句。」高旅為《三草》作「序」，使他在國內文壇被更多人認識，他去北京時，中國作家協會吸收他為會員，介紹人就是丁玲大姐。

紺弩對高旅詩格律問題曾說：「你抄來的都是古體詩，那就是對仗不工，平仄不調，有時還以鄉音為韻以至出韻。看來詞句本未經錘煉。」

又說：「君詩本澀，打油反好。故你認為打油者，我反認為標準。」這是對高早期詩的意見。後來紺弩又在信中說：「君詩實大有進境，亦指規格言，掌握了這件事，便好辦……」

風雨故人情

高旅在香港寫的作品，改革開放前在國內最忠誠的讀者，我想除了紺弩外，應無第二人，高每有寄贈，他讀後都有言簡意賅的評論。1984 年北京三聯書店出版高旅《持故小集》雜文，聶很推崇說：「唐代的貶官」、「孫行者不能代取經」等文似可以多寫、易寫、易發表，且似無他人能如此。又說「持故好，博學卓識，有知堂風味，但知堂抄書多，你不抄，勝他。海內以博學知名者為錢鍾書，他只識文藝，你比他天地闊，總之，讀書多，記性好，其用無窮。」又說「很耐尋味，讀時常不忍釋卷……」。

聶因小說《杜秋娘》寫信給高說：「此書曾借與四五人讀過者，均激賞亦是告慰也。」又云：「在尊作中最富現實，能抓住一個時代特徵，我實喜愛，惟間有恐人讀不懂而故作嚕嗦。還在「寄高旅」詩中有：

豈有風雨故人懷，
萬版秋娘入夢來
好夢千場猶恨少，
相思一寸也該灰

聶對其他高作品評論如下：

「（《補鞋匠傳奇〉）你的小說，真是香港小說……我最喜歡〈宗親〉一篇，所謂着墨不多盡得風流，有點契訶夫味道。〈家庭教師〉略為近之。看〈斷氣〉、〈鞋匠〉，〈吃星〉等，看的時候很有趣，但回味不大。凡是近乎奇的東西，大概都會如此。《彩鳳集》讀過幾篇，覺得所寫為靜止香港，而意念中的當在動盪中……鳳集有地方色彩，時代氣息太淡，有暇或評論之。」

「（《深宵豔遇記》長城公司拍成電影改名《豔遇》）

豔遇的結構甚佳，也頗有趣，如將每個人物於出場時略加描繪，心理過程較多述及便成大作。」

「（《金剃刀》）我覺得金剃刀很有趣，也很緊張，可一直看下去。想少年兒童也有同感，是可以出版的，已交人民文學出版社有關方面去。」（此書後由人民文學出版）。

「（《玉葉冠》歷史小說）我覺得很好，首先樸實無華，是中國民族形式；二也很有寓意，若在某人前，我會以為過火，今則尚可。」（某人未知指誰？）

1983 年紺弩給高最後一封信，在信中，似乎對高作品作出總結性的評述：

「君之小說，似以《困》最佳，寫自己易得同感，《秋》《玉》次之，亦佳作，反映港市民的《皮匠》《睹食的館東》等，使我想到友人中能虛構成說者，推兄第一，但無回味，不及《持故》之正式文章也。『河店』之類為惡趣，希不再寫。」

聶對高評價最高的還是雜文，但高除《持故小集》外，出版的雜文、小說，包括武俠小說等，是無機會讀過。不過從上面對高的評述，有讚有彈，讚的是欣賞希望多寫，彈則「希不再寫」是出於摯友肺腑之言，不在一味恭維，才值得重視。

紺弩給高最後一封信中說：「我想說卅餘年來《文匯報》

最大功勞，在造就一高旅，或有暇寫之，何處發表不知矣。」

此後聶抱病在床，不久逝世，自然無法詳論《彩鳳集》及論高旅文學上的成就，實在可惜。

高旅是1950年憑當年文匯報社長張稚琴和總主筆聶紺弩之邀，經青島來港任主筆並醫治肺病，病癒後轉任資料室主任，讀了許多書，後改任副刊主任，直至文革時離開。

文革期間，高旅跟不上狂熱分子的步伐而受到四面八方抨擊批判，逼他拂袖而去，擲筆罷寫，但卻去學法文，翻譯外國文學作品和寫詩記事。對於他離開報館事，當晚他約我到北角夏蓮餐廳晚飯，是晚剛好是除夕夜，他對我說，現在是自由身，他說家有纏足八十多歲老母相依為命，她又話語不通，如我有甚麼事發生，留下一老婦何堪，但積極分子們則認為那是託詞，是怕死的懦夫，他說我馬上到紙紮店買一紙門神貼於門眼，好讓來串連者看到，自認是怕死懦夫。以示抗議。

四人幫落台，胡耀邦為文革受迫害者平反！高認為自己是被迫至無立錐之地而離開的，希望落實政策，聶紺弩夫婦對此事仗義執言積極奔走。周穎（紺弩夫人）是全國政協委員，更是多方進行，甚至上訴到僑委莊明理處，最後胡耀邦批核平反，香港方面給他的條件是不能歸隊，但每月給他津貼港幣二千元，寫一篇稿子另計稿費，高卻希望依當時一筆過辦退休職工計算，故初時不接受，後來他與湖南離婚婦結婚，便由他太太出面每月領二千元，還為報紙寫短稿，至他逝世為止。

他重新執筆後在《新晚報》寫《玉葉冠》，《大公報》每週寫兩篇雜文。後來《新晚報》停他稿子，我推薦他為《華僑日報》鄭家鎮兄副刊寫「茶餘走筆」專欄和小説。直至該報結束為止。

高旅的平反，他雖不盡滿意，但進行此事聶紺弩夫婦奔走最力功不可沒，表現他們之間互相幫助，當年排八字算命被視為封建迷信或宿命論，但留學過蘇聯的聶遇上困難卻叫高旅為他算八字排流年，他初時不相信，後來遇上困境又請他再算流年，在這當時，是除非知己才肯做的事。

高旅自撰小傳

高旅曾撰小傳叫我代電傳給香港《聯合報》（當時他家未有傳真機）全文如下：

> 高旅原名邵慎之，前重慶、南京《中央日報》上海《申報》記者及戰地特派員。近十年為香港《華僑日報》，香港《大公報》副刊寫歷史小説及雜文，已出版

長中篇小說及雜文集有《杜秋娘》、《玉葉冠》、《金屑酒》、《彩風集》、《金剃刀》、《限期結婚記》、《深宵豔遇記》、《持故小集》（雜文）、《過年的心路》等十餘種。其中《杜秋娘》在大陸印 30 萬冊。改編為越劇，在上海公演，曾為台灣書商盜印發行。《玉葉冠》也印 20 餘萬冊。《深宵豔遇記》在香港由長城公司拍成電影，由李萍倩導演……

高旅原名邵家天，又名邵慎之，讀經濟及測量專業，年青時曾投稿參加茅盾主辦「中國的一天」徵文獎獲選，另方面給聶紺弩編的刊物投稿，後來有機會見聶，他說紺弩聽他介紹自己後說，「啊，原來就是你。」從此成為朋友。高參加工作時是測量隊，後來轉到湖南文化界搞抗日郵印宣傳工作，當年曾受傷瀕危，有一位姓姚的紅顏知己，這位女朋友為人婦後，高旅一直單身。聶紺弩一向關心高旅婚姻事，認為男人結婚應在 30 歲左右。後來他又不知從哪裏聽到說高已結婚，還寫詩祝賀，但高卻一直未能覓得佳偶。聶曾寫信問他與姚事，他說當年他受傷病危又有肺病，因此不想讓女方嫁個病號，喪了一生幸福，又不便說明。這位姚女士在京嫁一幹部，常探望聶紺弩，聶在信中已稱她為姚婆，她所知當年原委後有點感慨。

高旅著作等身

高旅在港生活工作五十多年，除文革期間封筆十三年，沒有在報紙刊物撰文外，平日上上股票市場做塘邊鶴，賺點錢幫生活，醫老媽子，也寫了許多沒有發表的詩詞，自學法文，翻譯外國文學作品，他的作品如下：

雜文：

已出版有《持故小集》、《過年的心路》、《高旅雜文》、《高旅雜文四集》、《高旅雜文五集》、《鑽窗記）（在港最早作品刊於葉靈鳳編的《星島日報》。）未印書的剪報估計還有數百篇之多。

小說：

已出版歷史小說《杜秋娘》、《玉葉冠》、《金屑酒》。

未出版歷史小說《氣吞萬里如霓行》、《元宮爭豔記》、《巨像雲高北雁飛》、《武德頌》（此書在報上逐日刊載五六年之長，約兩百萬字，他自認無人會出版）

現代小說《困》、《限期結婚記》、《金剃刀》、《彩鳳集》、《深宵豔遇記》、《補鞋匠傳奇》。

未出版小說《野山毛桃》、《春霧深深》……等。

武俠小說《山東響馬傳》《大刀王五》、《紅花亭豪俠傳》……等。

詩詞

《高旅詩詞集》

翻譯

《異鄉人》、《瘟疫》……等（未出版）。

其他

《中國史卅題〉（牟松庭）、《測量手冊》（邵慎之）、《氣功練習法》（牟松庭）

（註：《中國史卅題》，在報上發表不止卅題，但出版時為怕在海外受禁，只選卅題，其他則刪去。）

除了上列作品，據我所知，高旅還有許多詩研究及很多早期的作品。大致已由其家人贈送給香港中央圖書館珍藏，該館最先為捐贈者編了四位作家的文庫目錄，高旅的一本是四人中目前贈書數量最多的，此外還有手稿，別人贈送書畫等。高為香港文學作出貢獻，亦增加了珍貴館藏。而他贈送的詩書畫三絕蕭紅像正本現存香港中央圖書館特藏室，副本則掛閱覽室供人參觀。

《香江文壇》2004 年 8 月 1 日

羅琅寫於多倫多旅次女兒家

販書壽翁龍良臣

深圳《晶報》米立的文章：《實用書局：第一代香港書店》。用第一代形容它是香港書店，相信對熟悉香港書店的人，一定會發笑，因早在上世紀四十年代前，香港於 1914 年就已有商務印書館。而中華書局、三聯書店也歷史很早，還有四川人吳一立開在德輔道中的智源書局。這書局的招牌字還是郭沫若寫的。雖然人事、營業對象後來有變化，但郭沫若氏的招牌字至今卻一字未改。此外新民主出版社雖已沒有門市部，但是經營至今，有六七十年歷史。「商務」與「中華」設有規模龐大的工廠，還有職工會。實用書局有六十年歷史，但卻算不上是第一代，老香港的文化人都知道。

「實用書局」前身是「求實出版社」，由湖南人在香港創辦的，早年出版物宣傳新思維、新中國的為多，聶紺弩詩人就有多本書由他們出版，政治味較濃。作家高旅在香港出版的第一本書《鑽窗記》、又用牟松庭筆名寫的《氣功練習法》、《因是子靜坐法》、《測量手冊》，前兩本是因生病而怯病的自療法心得而寫。後者是他本業經驗記錄。這些都是「求實」出版由政治性較強進入出版自我健身實用的轉變。

後來曾將早年周作人的《談龍集》、《談虎集》、《夜讀鈔》等書翻印供應讀者和寄去國內給文化界。

高旅是江蘇常州人，抗戰期間在湖南一帶做測量工作，編油印報，後來因肺病，由於香港容易買特效藥而南來治病。初時曾寄居求實出版社為接待國內作家居停的臨時客房、床位。在那裏住過的還有張天翼、秦似、蔣牧良、聶紺弩等。

高旅在香港醫院留醫，龍良臣到醫院探病，還燒了肉湯給他補身，高旅很感動，曾有詩云：「北方租界繁弦歌，一角南疆餘港英」記其事。還寫《龍老闆送贈肉湯來病院》詩如後：

老闆送來一鍋湯，湯稠好飲肉嫌多。
兼程渡海情尤厚，破費操廚背且駝。
已欠他人千百擔，又加今日兩三籮。
婆婆媽媽知難免，不學英雄唱奈何。

高旅在醫院住了九個月，感到「時愁多病故人疏」，而背已駝的龍良臣在九龍煮湯，過海上山到醫院探病送他補充營養，感激說：「已欠他人千百擔，又加今日兩三籮。」有受恩待報之意。

「求實」與「實用」

「求實」與「實用」因常接待逃避政治迫害，來香港暫住的文化人，因此常受到港英政治部，叫負責人到香港干諾道中東方行飲咖啡（即詢問），成大姐常出面應付。當年實用經銷的出版物，包括新書推銷、收賬等常見的問題，也是成大姐負責，有時他大女兒也幫手。一直到兩位妹妹苔清、慧清讀了香島中學，才由她倆放學後將存放於書包中的樣書拿到香港書店招客及送貨。這兩位小妮子被行家叫做「求實妹」，後來苔清還到湖南讀書又嫁去外國。

後來，香港發行內地圖書歸三聯書店和新民主出版社，實用書店變成以醫藥書和針灸用品為主。七十年代我曾到西洋菜街實用書店，見到龍良臣，還與他交談和問候近況，他告訴我說近來常收集內地的《人民畫報》、《紅旗》等刊物，如果能從第一期湊足到近期成套，美國很多大學圖書館都願高價收購為資料。此外也收購舊書供藏書人到來淘書。此外還翻印「五四」以來內地不印的文學作品。所以深圳《晶報》引龍良臣話的文章說：

> ……為了鼓勵文人朋友繼續創作，龍先生自費重印了在「文革」中散失的民國書籍，寄給他們。沈從文在

給徐遲的一封信中曾說：我的一切舊作已於五三年燒盡，紙型也不保存，台灣方面相同，倒像是歷史少有的事情。「文化大革命」一來，且把手邊留下的、作為紀念的底子全部代為銷毀去了。近年有機會重印幾卷舊作，公私圖書館既保存極少，全靠香港方面，為寄來翻印本42冊，不少還是上海一折八扣重印本，才能着手。

當年有人覺得未經作者同意翻印是盜印，但在非常情況下翻印禁止出版的，才保留了許多好書不至絕版的功德。龍良臣就做過這樣的事，當然翻印的書，也供門市銷售，才不致於血本無歸。八十年代聽說他和成大姐還到北京探親又去拜訪聶紺弩，還送手信百多元及三條「555香煙」。

原來是地下黨人

龍良臣藏在心中幾十年的一件事，很多人都不知道，最近才向米立講出如下：

「……早年他思想左傾，很小便加入了地下黨，上世紀四十年代，他和朋友在香港開了家『求實出版社』，1949年新中國成立，他很多朋友都回去了，而他因為要料理出版社工作而留下來，誰知一留就是六十年。」

現在的龍良臣耳朵已聽不到聲音，聽不到別人的說話，相對時只能筆談。有問他開書店已幾十年，一直與書為伍，有否想過轉行？他笑着寫下：「沒想過啊，我除了它甚麼也不懂！」其實龍良臣懂的東西很多，所以他一生獻給書店。龍良臣已是百秩開五高壽之年，才透露早年他加入地下黨，在我是初聞，真是失敬了。龍良臣先生已於前年逝世，而求實書店不知還存在否？

《大公報》大公園 2012 年 3 月 4 日

白雲蒼狗蝦球傳

第二次世界大戰，1945 年秋，日本侵略者戰敗無條件投降，香港《華商報》於 1946 年元月復刊，黃谷柳 1947 年 11 月起在該報「熱風」副刊開始連載小說：《蝦球傳》之《春風秋雨》、《白雲珠海》、《山長水遠》。原計劃還有結局篇《日月爭光》卻未動筆。前三部中篇刊完，先後出書發行，受到香港海外讀者歡迎，銷路不錯。

1949 年新中國成立，第一批由港運進解放區的香港刊物，就有《蝦球傳》前三部書。我在故鄉讀到的是香港新民主出版社的最初版本。這幾本書尤其是《春風秋雨》，使我知道香港社會許多我不知的事物。

不久前香港新民主出版社為慶祝成立六十週年，重新排印黃谷柳 1956 年修訂本。內容大體還有印象，由於時間相隔半個世紀，許多細節已模糊，引起許多回憶。

廣州解放後黃谷柳就返國內為人民服務，6 月韓戰爆發，我國志願軍參加抗美援朝，文藝界組織慰問團到朝鮮去慰問志願軍，黃谷柳是團員之一。接着國內政治運動，一個接一個學習，工作應接不暇，谷柳自然無計劃去為《蝦球傳》埋尾。況且當1948年他寫完《白雲珠海》時，適夷先生就在香港《青年知識》36期撰文評論蝦球是怎樣一個人的文章，指作者把蝦球寫成一個可惡的偽君子，沒有絲毫勞動觀念，性格懦怯、卑劣、動搖、矛盾……幾乎一無是處，並展開了公開討論。左得可笑，許多人都不同意他的見解。

無結局是最佳結局

青年作者史竹和卓琳清不認同適夷觀點，就在《青年知識》發表文章，指他苛責蝦球，並指出蝦球有正義感，性格倔強，他通過生活實踐，已逐步明白憎甚麼愛甚麼，應讓他經過磨練而進步起來，前途是有希望的。適夷對於兩位青年的文章，用階級觀點指反對者是用資產階級的溫情主義觀點看問題，這大棍打下去，把反對的聲音壓了下去。

谷柳寫完第三部曲《山長水遠》，於1956年進行修訂，把三部結集成《蝦球傳》出版，被稱為「似有結局卻沒有真正結局的書」。我相信不寫結局不是不為，是不能也。

解放後東縱游擊隊已歸入解放軍林彪第四野戰軍，依適夷的觀點，蝦球是偽君子，又如何會成日月爭光的主角呢？

所以無結局就是最佳的結局。說是予讀者想像空間，也只是幻想而已。

《蝦球傳》六十年代在國內出版後，香港三聯書店曾用其紙型印一版供應。文化大革命時，紙型運返國內，到四人幫覆滅，再把紙型運港，宏文出版社曾租印一版發行。這次新民主是繁體字排印，封面也新設計，觀感上不及舊版蝦球與牛仔辭別太平山那依依之情。新封面的蝦球有動感，但背景用現在中環及尖沙咀地標景物玻璃幕牆的中國銀行大廈和尖沙咀舊火車站鐘樓。舊中國銀行是 1950 年才開始興建，門口有鄭壽仁（即鄭鐵如）署名的基石，日期是 1950 年，而《蝦球傳》故事是 1947 年，這點瑕疵雖是小事，卻美中不足。

《蝦球傳》三部曲寫的是香港故事，行文用許多粵語方言，生動活潑，很有地方色彩，因此香港同胞、廣州珠江一帶讀者感到很親切，它不同五四以來的新文學腔調，被稱為「方言文學」。

當年來自北方解放區的通俗文學如《高乾大》、《小二黑結婚》、《李有才板話》、《白毛女》等作品，都有許多北方方言，為廣大群眾喜愛，影響很大。香港許多報紙，為爭取讀者，小說中夾有粵語方言，很受歡迎，作家黃天石（傑克）也是新文藝作家出身，他在報上發表的連載小說，常夾雜有粵語方言，印成書發行，銷路比較好，又深入群眾。

1947 年香港文藝界曾舉行文藝大眾化和方言文學的討論，希望找出創作、發行新路，讓新文藝接觸群眾，擴大新觀點影響力。

經過幾個月的熱烈討論，由馮乃超、邵荃麟做了總結，對「方言文學」作出肯定。當時留港文化人郭沫若，茅盾等人，寫文章讚許，並表示「舉起雙手贊成，無條件支持」。《蝦球傳》在這決議影響下創作，並取得成功，江萍創作長篇粵語小說《馬騮精和豬八戒》，薛汕用潮州話寫《和尚舍》（「舍」是潮州人對男子的尊稱是少爺的意思），樓棲用客家話創作長詩《鴛鴦子》……一時文壇十分熱鬧。

當年《文藝生活》評價指出：「方言文學」運動，在華南已有了輝煌成就，推動戰後香港大眾文藝活動及民眾的政治熱情。」據說，不少讀者因受到蝦球的啟示，紛紛到游擊區去參加解放戰爭。

大陸解放後不久，國內掀起反地方主義，又提倡純潔語文，1965 年谷柳將《蝦球傳》作了修訂，改去許多粵語方言。有些改動也許忽促，似未見斟酌，改得不如原來有味道，如——

廣州話稱十多歲少年為「細佬」，改稱為「小兄弟」就不是那境界味道。「鹹煎餅」改為「油香餅」，「豬腸粉」改為「魚腸粉」，前者指味道，後者形容形狀，改得不同味又形不似，根本不是廣東有名小食，只是改稿者自作聰明以配合政治。「共匪」改為「奸匪」，這是國民黨罵共產黨的話，改「奸匪」也不一定對。「公仔書」改為「小人書」，粵語「公仔」是指圖像人物、玩偶，小人書是專供小孩看的讀的。

「女傭」俗稱「媽姐」，改為「姨娘」，律師樓的「師爺」改為「司爺」，「的士」改為「出租汽車」，美國香煙「好彩」是家喻戶曉的叫法，改為「幸福」，雖是譯意，又何必多此一舉？

「臨老學吹啲打」改為「臨老學吹笛」。「啲打」是「嗩吶」，屬銅樂器，「笛」是竹製樂器，音質完全不同。

「桐油埕裝桐油」改為「桐油缸裝桐油」，埕是細口，缸是闊口，不同設計適合裝不同物品。

地方韻味尚待尋回

改是希望改得好，若失去原意，又走了韻味，就不改也罷。相信這不一定是作者原意。所以幾年前香江出版社林振名兄就想重印原來版本，準備向藝發局申請資助，結果未能如願，實在可惜。

《春風秋雨》故事背景香港，當時戰後百廢待興，生活艱難，人民貧困，居民還需憑戶口證購公價米，蝦球母親在工廠做工，父親賣豬仔去美國，小蝦球無人照顧成流浪兒，被鱷魚頭洪斌看中他做馬仔，利用他從洋船上帶私酒上岸賺錢，這種逃稅貨品還有黃金、布疋、香煙、化妝品等高稅貨物，或不准進口的物品，通常由後台主持，但貨物則要通過人偷帶，交給船上海員收藏帶去目的地，來港私貨則由帶水運入市區販賣攤檔，蝦球第一次落船帶洋酒。如果遇上緝私艇，被發現，貨物充公，帶水捉去坐監，貨主則逍遙法外，由馬仔去頂罪。蝦球為生活去打荷包，他父親去美國做勞工歸來，荷包一生積蓄卻被蝦球打去。

幹帶水的馬仔離不開艇家為交通運輸，蝦球因此識得艇妹阿娣，引出他們的初戀。

這一集場景，故事發生在香港，鱷魚頭專幹非法勾當，小的私運洋酒大的爆大倉，結交三山五嶽人馬，甚至戴綠帽也自願。黃谷柳筆下的香港，各方面情況很熟悉，寫得很真實，無改當時流行貨物名稱，街道地點，酒樓、餐館都有根有據，在那一代生活過來的人讀起來，過去事物就如在眼前，年輕一代可以了解當時風貌與生活。展現了戰後六十年前的風景和世態，是寫得很成功的佳作。

《白雲珠海》是第二個中篇，鱷魚頭在香港無法立足，走去黃埔、廣州，利用他讀過軍校，認得黨國大員關係，通過小老婆姿色做引，竟做起一隻殘舊差艦艦長，運載軍火去海南島打游擊隊，同時利用為走私貨的工具，超重運載貨物，結果半途沉船，害死許多人。蝦球好友牛仔在怒海生死關頭，鱷魚頭不想他上救生艇開槍射殺，蝦球憤怒與他搏鬥，救生艇翻船，牛仔平白犧牲，蝦球才認識到鱷魚頭為人真面目，想到自己不能再走這條死路，孤島上前面是大海，背後是巉石，除跳海外，唯有上山一路。

《白雲珠海》雖然寫得不及開篇精彩，但多了一些人生出路的議論，又把鱷魚頭這個被否定的人物行止完全暴露出來，他是一個壞蛋，但又有他一套利用人的手法，所以初時蝦球對他看法不壞，他又從孤兒中把牛仔叫出來做他的勤務兵。作者對廣州、黃埔一帶的描寫細緻熟悉，重要的是他把在國民黨統治下那些貪官為非作歹、胡天胡帝的生活真相反映出來。

《山長水遠》寫作時間應是適夷批評文章引起討論之後，蝦球很想去參加游擊隊，但又不知游擊隊是幹些甚麼事的，但他說做土匪寧願去行乞，因此有很多篇幅介紹游擊隊的情況，使他明白游擊隊是老百姓的隊伍，是為老百姓、窮人謀幸福除害蟲的。但要參加也不是隨隨便便，蝦球偷了龍大副一支手搶，後來利用他去繳陳家祠地方團隊的武器，當作禮物，為配合迎接南下大軍解放做準備。鱷魚頭沉了差艦後，做起國民黨戡亂軍團長，他的一班馬仔像蟹王七做連長。

東主好朋友變成敵人，因此就有許多敵友關係的看法說詞。第三部曲這類文字不少，充滿意識形態的說教，未必為一般讀者接受。同時還介紹進步人士的閱讀範圍，指名的就有陳伯達寫的《四大家族》、方方的《三年游擊城市》等讀物。

《蝦球傳》對二十世紀後香港、黃埔、廣州及南番順東縱活動範圍，當時社會環境，生活現象，人情風貌都作過很好的真實反映，雖然也有說教成份，但還是一部重要的寫實小說。所以茅盾先生對原著評價是：「在藝術上打破了五四傳統形式的限制，力求向民族形式與大眾化的方向發展。」

這是說寫市井諸色人物，形形色色，照顧到大眾的接受程度，色彩豐富，人物眾多。所謂傳統形式，我想指的是人物為生活上普遍的低下層。

附錄：在快樂中瞑目撒手

黃谷柳原名黃襄，廣東梅縣人，在越南隄岸出生，戰後重返香港，生活困難，他有一位當差的堂兄弟住在九龍城獅子石道一帶，他以堂兄住址樓梯底下一張床位為棲身之所，拾來兩個蘋果（有說是煉乳）木箱，作為活動書枱，利用走廊路燈照明進行寫作。

《蝦球傳》三部曲就在這樣環境寫出來，期間他曾向南方夜學院學生說曾在荷李活道九如坊、普慶坊一帶擺檔為人寫家信，寫家批附言，賺取生活費；光顧他大多是女傭「媽姐」、妓女，不識字家庭婦女，因此他對九龍城、中環、西環一帶環境熟悉，也認識許多低下層勞動者。同時他又在侶倫包版《華商日報》編的「文藝周刊」撰稿，一同在那裏寫稿的還有黃蒙田、黃魯等，每月可獲得稿費一兩百元，對生活不無幫助。黃谷柳還寫出《反飢餓》、《旗袍》、《生命的幼苗》、《牆》等八個短劇。《牆》劇本還得過獎，為香港許多劇團，學校採用，多次演出。

像黃谷柳這樣的作家在歷次政治運動中，自然受到劫難，文革期間被惡箭亂射不免，四人幫覆滅，他高興飲酒慶祝，在快樂中撒手瞑目而去。

《信報》2006 年 8 月 5 日

説話有聲 老調未完

魯迅逝世於 1936 年，在他逝世前十年，即 1927 年，那時他 47 歲，來過香港三次。

第一次是 1927 年 1 月，他辭去廈門大學教授職位應聘到廣州中山大學任文學系主任，由廈門搭「蘇州輪」於 17 日晚十時抵香港，船泊海上，在船上度過一夜，第二天早上九時船開黃埔轉小船到廣州，這次是過境性質，未上香港土地。

第二次是 2 月 18 日應香港基督教青年會邀請來演講，上岸後安排住中區必烈𠯿士街青年會客房，是晚演説〈無聲的中國〉，翌日下午又演説〈老調子已經唱完〉。兩天都遇上下雨，但出席聽演講的人很多。由許廣平翻譯為粵語。據説，魯迅因跌傷的腳未全好，不能上街閒走，見聞香港市容，20 日就匆匆離開港返穗。

第三次是魯迅辭去中山大學職務，於同年 9 月 27 日由廣州搭太古公司「山東輪」經香港，時已半夜，船停泊港海一晚，29 日離港北上。

〈無聲的中國〉文章收在《三閒集》中，下註明：（2月 16 日在香港青年會講演）。

《三閒集》序言說：「我去講演，一共兩回，第一天是〈老調子已經唱完〉，現在尋不到底稿了，第二天便是這〈無聲的中國〉，粗淺平庸到這地步、而竟至於為『邪說』禁止在報上登載。」

震撼香港的力量

〈老調子已經唱完〉後來找到原文，發表於 1927 年 2 月廣州《國民新聞》副刊「新時代」，題下註明：（2 月 19 日在香港青年會講演）。收在《魯迅全集》第七卷《集外集拾遺》。

《三閒集》序說第一天是〈老調子已經唱完〉，依《魯迅日記》載：

> 18 日，雨。晨上小汽船，葉少泉、蘇秋寶、申君及廣平同行。午後抵香港，寓青年會。夜九時演說，題為〈無聲的中國〉，廣平翻譯。

很顯然《三閒集》序言把他首次演說〈無聲的中國〉誤

為〈老調子已經唱完〉。另《三閒集》上的〈無聲的中國〉卻誤註為 2 月 16 日。魯迅是 2 月 18 日才抵港，演說時間卻寫提前兩天，應是筆誤。不知新版《魯迅全集》有否改正？還是按原編不改動？

魯迅在港兩天，遇上雨天，且雨勢頗大，所以〈無聲的中國〉演講文章，開始便說：「……又在這樣大雨的時候，竟還有這許多來聽的諸君，我首先是應當聲明我的鄭重感謝。」據說，事前籌備演講時，還遇上一些困難和阻撓，魯迅說：「中途又有反對者派人索取入場券，收藏起來，使別人不能去聽，以圖阻撓。」因大雨中來聽的「還有這許多」，就令魯迅要鄭重感謝。這反映出當年香港保守勢力破壞手法，無所不用其極了。

來聽演說的青年聽過演講，讀到講稿，思想上受到一定衝擊，使他們認識到無聲的中國正將過去，是拋棄老調子的時候了，起了積極的作用。

上世紀七十年代，老木刻家黃新波曾創作一張紀念魯迅在香港演說的木刻，記得畫面上除突出魯迅站在青年會講壇上的高大形象外，還用太平山和尖沙咀為背景，襯有激盪的海水和雷電閃光，滂沱大雨，狂風勁吹着「大成至聖」殘破燈籠在風中飄搖，像一股不可抗拒的力量震動着香港，畫面概括現實和浪漫主義，當年看了，令我至今難忘。

小思女士多年前曾帶我們散步香港新文學徑，首站就是荷李活道文武廟後街的基督教青年會，啟迪我們這些後輩。但年長一輩，在魯迅來港時風華正茂的，像黃蒙田已是耄耋之年，剛做完心臟手術。此外，還有黃慶雲大姐、曾敏之先生也參觀魯迅在香港的遺跡。

八十年前的香港社會，封建勢力根深蒂固，尊孔讀經的遺老遺少思想頑固，仇視新思想追求科學，自由解放。魯迅讀港報，看到香港慶祝孔誕廣告，曾摘錄成〈述香港恭祝聖誕〉乙文，刊登《語絲》「來函照登」欄，其中女校門聯：

> 毋憑子貴、妻藉夫榮，方今祝聖誠心，正宜遵懍三從，豈可開口自由，埋口自由，一味誤會自由，趨附潮流成水性。
>
> 男稟乾剛，女占坤順，此際尊孔主義，切勿反違四德，動說有乜所謂，冇乜所謂，至則不知所謂，隨同社會出風頭。

這樣三及第門聯，內容要婦女三從四德，否則便是水性楊花，好出風頭，罪大惡極。又說甚麼新學出而舊道德即淪亡；新人物出而古聖賢淘汰。讚香港「幸有大英之德政，愛國劬古之士，當亦必額手遙慶，恨不受一廛而為民」，即恨不得在香港做居民。在滿清時代還可說，但當時已是民國，還說這種話，令人齒冷。

沒有記性是「國情」

魯迅兩次演說，都衝着舊勢力的反動，叫年輕一代明白舊文章，舊思想都是老調子，應該拋棄。因此攻擊國粹，得罪若干人。被指為邪說囂張，摧殘聖教。

〈無聲的中國〉中，魯迅說中國「人是有的，沒有聲音，寂寞得很。……可以說：是死了。倘說得客氣點，那就是啞了」。

他希望青年可以將中國變成一個有聲的中國，就要大膽地說真話，勇敢地進行。

現在的中國已不是無聲的、啞的中國，但還不肯十足地講真話，有時還有嚴重的假話，亢奮式的廢話，但無論如何已有些真話了。憑良心上說應有進步，還要繼續……

〈老調子已經唱完〉中，魯迅指出中國有一種「特別國情」就是沒有記性。所以昨天說過的話，今天忘記了，昨天做了壞事，今天忘記了，明天做起來，也還是舊貫。這特別的國情，現在變成中國特色，作為擋箭牌，想令聽者口啞，自己過關，行之有效，還在自欺欺人。

老毛病，八十年前嚴重，八十年後還有餘緒，朝令夕改，今天要你相信真理，明天卻變成謬論，心血來潮，雷厲風行，你得學習表態，但時過境遷，牢不可破的友誼，變成仇敵。有些血淚斑斑的殺人仇敵如揚州十日，嘉定三屠，文字獄殘殺多少士大夫知識分子的恐怖，卻被舉為康雍乾盛世英主，令人啼笑皆非。

被稱為匪幫反動派，劍拔刀揮，短兵相接互相殺戮，卻可在「度盡劫波兄弟在，相逢一笑泯恩仇」，這叫做和為貴，也可以說此一時，彼一時也，也許這就是魯迅所說的老毛病無記性的特別國情？

魯迅講話到現在八十年了，其中有相當歲月被浪費了，不少血汗寶貴生命被浪費掉。所以魯迅說：

「一般以自己為中心的人們，卻決不肯以民眾為主體，而專圖自己便利，總是三翻四覆的唱不完」，一切是為了人民，假人民之名在那裏營私、貪污、腐化。

如果魯迅還活到今天，聽到還有人提倡讀四書五經，舉行科舉，實行王道之類廢話，必無眼睇，奮鬥終生還有沉渣泛起。不過社會的確進步了，自由了，有說話權利了，不當他是「邪說」，放它一把火燒掉，亦聊算是進步吧！

《信報》2006 年 8 月

掌故文學 聽雨南天

當代我國掌故卓有成就的，在北京有徐凌霄和徐一士兩兄弟，上海有鄭逸梅，香港則是高伯雨（原名高貞白）。北方朋友稱他為南天第一。這不是捧場，應是實至名歸。

寫掌故、隨筆或筆談，要言人之所未言，言人之不敢言，有獨立的見解，能從旁敲側擊、拾遺補闕找出古書漏洞，使其完善原來真象，有利於考證工作。官方文章往往隱惡揚善，民間作品天馬行空有缺翔實，而掌故文章則可補充更正，還原真面目。所以寫掌故的人應具備廣泛興趣，豐博知識，上知天文，下識地理，過目書史，旁及巫醫星相，閱覽群書，遇上甚麼問題，便知出處梗概翻經查典找出答案和史實。我國寫這類文章的通人，像洪邁的《容齋隨筆》、沈括的《夢溪筆談》，顏炎武的《日知錄》，紀曉嵐的《閱微草堂筆記》等等。

高伯雨先生自 1949 年夏開始，便在香港賣文為活，到 1992 年止，足足寫了四十多年掌故文章，供應《南洋商報》、

《星洲日報》及香港各大報，晚年為《信報》寫專欄直至逝世。已出版這類文章的有《聽雨樓雜筆》、《聽雨樓隨筆》（初集），《聽雨樓叢談》，還要印《聽雨樓隨筆三集》（這是他晚年時告訴我的，未知有否出版）。此外，還有《中國歷史文物趣談》、《春風廬聯話》，譯作有《馬克吐溫小傳》、《窩息斯故事》、《歐美文壇逸話》。

有人問高伯雨他的作品為甚麼不多談些今時今日的事，他答道：「今時今日的事，不是『掌故』，未必為讀者所樂聞，還有，在此時此地月旦人物，批評社會易招愆尤，甚違古人明哲保身之道，暫時敬謝不敏。」

高伯雨的掌故文章，他的朋友、著有《學詩淺説》的瞿兑之説「他那種輕快的筆調，妙緒環生而並不胡扯；談言微中而不涉輕薄，這種文章風格是從子書及唐宋人作品中汲取而加以變化的。」可説是知友之言。

高伯雨家族是清末民初汕頭巨富，原籍澄海城南，其祖父中舉人，致力實業發家於泰國、香港。孫中山搞國民革命，1901 年舉行丁未黃岡起義、廣州起義，他家捐資十萬元支持起義。後來又支持革命黨人光復潮梅。其捐款合共不止四十多萬元。所以汕頭建中山公園時，在園內建「繩之亭」以資紀念（繩之是高伯雨大哥）。

高伯雨 1906 年在香港出世，留學英國主修文學，返國後在上海工作，曾上北京跟末代王孫溥心畬學國畫，結交不少文化人。

魯迅祖父送關節惹禍

《聽雨樓隨筆》中有兩篇文章：〈魯迅的祖父周福清〉、〈再談周福清〉。周福清是一個翰林，做到內閣中書，晚年的遭遇很不好，原因是他要為其子周用吉（即魯迅父親）及另外幾個同鄉子弟上京考西太后六十壽辰恩科試，買通關節，並以「宸衷茂育」四字作為暗號，想串通主考，見有上四字，便是自己人，將他取中。當時周福清正丁憂在鄉，即具了一萬両銀票叫僕人陶阿順（周作人的《魯迅的故家》寫作徐福），赴浙江正考官殷如璋舟次投帖，誰知當時舟上尚有副考官在場，拆穿西洋鏡，阿順被扣留查拿，周福清事敗畏罪自首，浙江巡撫崧駿奏皇帝，還為周福清講好話「較之交通關節已成未中者，情節尚有區別……應否比例量予酌減科斷之處」。刑部議以「杖一百，流三千里」充軍新疆。結果光緒皇帝判為斬監候死罪，令周福清在杭州獄中坐了七年花廳，每年遇秋決時，就提心吊膽，也許被綁赴刑場「陪綁」嚇個半死，進行精神虐待。十年文革期間，上海也有人被當作「陪綁」，搞到失常，後來放返香港，雖然醫好，卻不能十足正常。原來魯迅祖父也曾受此折磨之苦。

此案發生後，杭州有人作了一對聯誚兩位主考與周福清：

> 年誼藉夤緣，穩計萬金通手腳；
> 皇仁空茂育，傷心一信醫頭顱。

高伯雨文章說：「這一案不止是周福清一家由小康變為貧苦，使到魯迅不得不寄食親戚家中，受人白眼，影響到他後來對社會有改革之心。」但無論如何此事對魯迅必有影響。

〈魯迅的祖父周福清〉寫成於 1957 年 9 月 23 日，而〈再談周福清〉則寫成於 1959 年 5 月 12 日，兩文相隔十七個月，高伯雨說，第一篇文章是讀了周作人的《魯迅的故家》和曹聚仁《魯迅年譜》引用周作人文只採取「由翰林院庶吉士散館授編修，後來改外放官」。而把上文之後還有「這裏是散館外就外放，弄不大清楚」，周作人全文沒有毛病，而曹聚仁略去了末這一句，就有點毛病。他讀後覺得，「僅憑這一點可靠材料就動筆，文章發表後我才後悔，為甚麼不找找《光緒朝東華錄》參考一下呢？」

高先生為了此事到學海書樓去找，花了兩個半天工夫，得到四份資料。寫信給瞿兑之請他代找《會試年錄》，還寫信海外朋友往海外圖書館抄寄來，最後在1959年4月才在香港買到《光緒朝東華錄》，寫了七八千字長文，補充了前一篇文章的粗疏。給研究魯迅故家的研究者以翔實的資料和魯迅性格影響提供參考。可以看出〈再談周福清〉花了多少時間搜集資料的工夫，令人起敬。

《高伯雨隨筆》中的〈乾隆朝剃頭案〉，寫這位十全老人，八徵天子死了老婆孝賢皇后，因為他對這位老婆十分寵愛，哀悼不已，有些官員在居喪期間剃頭，就大開殺戒，拿人消氣，並立下定制，國卹百日內，剃頭的人立即問斬。有人被參貪婪，並在制內剃頭，乾隆卻認為：貪婪罪輕，違國制罪重，斬立決。而大阿哥定親王因哭臨不盡禮，不好嚴刑太子，則「刑其國師」，漢滿師傅都罰俸處分，以懲其教導無方……。這一剃頭案，大小官員被罪者二十多人，賜自盡者二人，處決者一人。這是雍乾之世文字獄之外，在乾隆淫威下，剃頭獲罪的罕聞。高先生說他每十天去光顧剃頭，「因此我覺得做現代人最有福」。乾隆功德是否包括殺頭草菅人命？

夫妻辦《大華半月刊》

高氏1966年3月，創辦《大華半月刊》，以林熙筆名為主編，他太太林翠寒為督印人，16開本32頁，他用另一筆名溫大雅寫「歐風美雨」系列文章。

該刊「創刊詞」說宗旨：「向讀者提供高尚有趣味的益智文章，並希望貢獻一些翔實可靠資料，給研究歷史、文藝的人參考」，「注重古今中外人物的描寫及其傳記、近代史乘、史料、趣味性的掌故……等」。

當時已九十多歲自稱「餘翁」包天笑老先生的《釧影樓回憶錄》、黃秋岳的《花隨人聖庵憶補篇》，劉成禺的《洪憲紀事錄筆註》和《世載堂什憶續篇》、《張謇日記鈔》等都先後在該刊刊出，只出版至42期就支撐不下去。有時在上環到南北行，在路上遇到他，常常問他文化大革命爆發會否受影響，他說自然受影響，何況他的雜誌談的掌故，人物都列入敏感題材。許多稿無以為繼。他一個人從稿件、編輯、校對都是自己一手一腳，還要搞發行工作，他當時年歲已大，也難為他能支持近兩年而結束。

晚年他除了為《信報》寫專欄，每星期他的一班朋友如邱卓恭（邱雲）、茂叔黃新，攝影家莫北權、陳迹、羅琅、年輕畫家魏天斐等在灣仔鵝頸橋「小小菜館」品茗，而今邱雲、黃新、陳迹和他都作古人，茶局早風流雲散，菜館也已經結束多年。

原來高伯雨老先生逝世，已有二十五年了。

多年前香港出版用來獻禮的六十萬字《香港文學史》，「高伯雨」三個字竟然榜上無名。誰能相信？

《信報》2006 年 12 月 26 日

源克平（夏果）與《文藝世紀》

一

拜讀許定銘兄大作《跨年代的〈文藝世紀〉》，原來《文藝世紀》出版約十三年之久才結束，至今已有三十五年了。這份文藝刊物與我起碼有十年的緊密合作關係，最後兩年我轉換了工作環境，才疏於往來。但私下還時不時約源克平和其他一班作家茶敍，保持聯繫。他們籌備創辦《南斗》雜誌，我還為他們找來曾經在新加坡與胡愈之合辦《南僑日報》的溫平先生，同《南斗》籌備者葉靈鳳、趙克臻夫婦、羅孚、黃蒙田、黃如卉、源克平及羅琅，到上環南北行街香馨里的「斗記」潮菜館聚會，探討合作事宜。溫平兄黃酒下肚，心情興奮，豪氣干雲，大表興趣，想接《文藝世紀》餘緒，為海外華文文學出力。《南斗》之名據説是葉靈鳳先生提出的，戰前丁玲女士曾在上海主編《北斗》，而《南斗》大概是代表南方香港出版的刊物。

要辦他們所構想的一份文藝刊物，溫平先生酒醒後，大概想起《文藝世紀》出版十二三年，出版人和發行人賠了那麼多錢，況且當時尚在文革黑暗歲月，為避免引起麻煩起見而卻步。後來《南斗》之名被在萬葉出版社任職的李陽兄用來出版了一套《南斗叢書》，老闆葉毅兄也賠了不少錢。源克平的《閒步集》和《石魚集》兩書就是其中的兩種。還有葉靈鳳、黃蒙田、舒巷城、阮朗等人的作品均收入這套叢書。羅孚先生在北京時所寫的《南島文星高》，並未列入《南斗叢書》，「南島」不同「南斗」也。

熱心《南斗叢書》出版的朋友，據我所知，當年在世的除了羅孚、黃如卉（即黃永剛）外，其他的都修文送去了。溫平兄也去世好幾年了。

二

《文藝世紀》創刊於 1957 年 6 月 1 日，該月的 17 日是農曆的端午節，因此創刊號組織了《紀念屈原專輯》配合香港各界舉行紀念詩人節。首期封面是「師牛堂」李可染的作品《放牛圖》。《文藝世紀》編者源克平曾在廣州市美術學校學工藝美術出身，所以《文藝世紀》一百五十多期的封面及單行本，如張千帆的《勁草集》以及合集如《新雨集》、《紅豆集》、《南星集》、《五十人集》、《五十又集》均由他設計。封面用過的有古今中外畫家的作品，國內如李可染、齊白石、黃胄、葉淺予等，西洋畫如畢加索、馬諦斯等名家的作品。當時柯色印刷未普遍，彩色印刷通常要先分色製電版套印。內文的點綴版頭有荒煙、李樺、黃新波、黃永玉、古元等人的佳作。

源克平不止是文稿編輯，同時又是美術編輯，可以說是「一腳踢」。一百五十多期中，其中除了幾期是李陽代編外，全是他一人處理。所以當時王德海（王乃凡）先生說：「源克平先生以滿腔的熱情，全副精力，熾熱的期望，奉獻給了《文藝世紀》，奉獻給了香港的文學事業。」完全事實，精神可嘉。

《文藝世紀》的出版和結束不是偶然的現象，更不是無疾而終。（發行人為上海書局羅琅負責。）創立時正是國內推行「百花齊放，百家爭鳴」文藝政策時，香港受到影響，出版刊物如雨後春筍，當時吳其敏先後主編《鄉土》、《新語》，孫秀主編《茶點》，李陽主編《可可》，還有碧侶的《七彩》，孟君、張君默的《知識》，梁明的《青年知識》，黃蒙田的《新中華》，林大庸的《幸福畫報》、《幸福電影》，陸無涯的《娛樂畫報》，伍聯德的《良友畫報》，陳滿棠的《南燕》、《少男少女》等，可謂琳琅滿目，只是沒有綠背的出版物，可以橫行直入大專中小學那麼方便。但東南亞則比綠背出版物更受歡迎。《文藝世紀》最早印一萬本，到結束前，最少印二三千本，比目前香港文藝雜誌印數不可同日而語。當年香港還沒有電視，許多人有時間閱讀報紙雜誌，所以報紙就有早報、午報、晚報、夜報於一日中的不同時間出版，供應不同讀者閱讀。有了電視而多個頻道 24 小時播放，自然影響閱讀時間。

大陸解放後，在港的進步作家，紛紛北上為人民服務。而為避赤色南來的文化人和作家，陸續南來，初為暫避，希望有朝一日能重返家園，在國內多有家人親戚，在歷次政治運動中，因為海外關係而被批鬥，有田有地就被打為地主，在國民黨時期做過事的被視為異類，令他們抬不起頭來。這些流落海外的文化人也有家歸不得，只好在港接受花園道綠背津貼救濟，既受人家恩惠，就得為其抬轎跑龍套。這些人大多控制了教育、傳媒。青年學子為放洋求學，做生意的也不得不疏遠同大陸的關係，以免染紅而行動不便。而花園道人馬對於曾到過國貨公司購物，去放映左派電影的戲院看戲的都拒絕簽發旅遊證件，拒絕發給貨物產地來源證。所以當年辦雜誌都極為小心，保護自己。新加坡獨立前，南洋大學學生進行反黃色運動，而《文藝世紀》不左不右不色情，被新加坡教育當局指定為 20 種適合學生閱讀的良好讀物，得來不易，這樣主持人就得打足十二分精神，吳其敏的《鄉土》雜誌，侶倫的小說《窮巷》就被禁止入口，阮朗的一本愛情小說（由晨風出版社出版）也曾被禁止入口。前者是政治原因，後者黃色。當時最受海外歡迎的是廖一原（俞遠）的《思前想後》，徐速的《星星，月亮，太陽》這一類作品。

三

《文藝世紀》停刊於 1969 年杪，那時大陸文化大革命已經第三年，風頭火勢熾熱之時，高叫打倒「封資修大洋古」，香港也受到影響，連北京英國領事館也遭縱火。香港文藝刊物若按原來方針，則會招惹左派積極分子的怒火，何況《文藝世紀》中許多文章是向國內知名作家約稿，刊出時改了筆名，秦牧的《藝海拾貝》一書中，就有多篇文章曾在該刊刊載，源克平又是個膽小的人。他曾帶我到他渣華道家中參觀他收藏的心愛的詩文集，堆放在他房中一張長方枱上，約有尺來高，他問我可有人想買，如果我要，可送給我，但我住的地方只有五百尺，家有母親、三個兒女及兩夫婦，自己的書已堆得接着天花板，我很喜歡他多年收集的集子，如林林的《撐渡阿婷》等，但我實在無法接受，只好婉謝了。他說我既不要他的書，就送一部線裝書給我，雖然有點蟲蛀，是他收藏多年，原來是一套石印本的《金瓶梅詞話》第一冊全本刻繡像原裝真本，有關西門慶與他的妻妾敦倫露骨描寫，一字不刪。當年大陸曾重印供大人物閱讀的新版本，有幾部運香港，售價港幣一仟元，那時一仟元是我兩個月的薪水。畫家王鷹想在港重印，用連史紙印了一半，被文革嚇怕而停止，連銷路不錯的《伴侶》雜誌也停了刊。

《文藝世紀》早期的文章，許多是同一個人用不同筆名寫的，如黃蒙田、黃草予、戴文斯、裕園是黃茅的筆名，如葉苗秀用過呂芳、江湖、花庵、歐閣、藏園、朱翠、吉金、靈珠、澹生等不同筆名寫不同內容的文章。葉靈鳳的《星座》也用過這些從日文雜誌、蘇聯雜誌譯寫的稿子。

《文藝世紀》的作者群，主要是左派作家，但中立的也不少，如平可、望雲、胡春冰、西門穆、高伯雨、朱省齋，説不上是右派，也説不上是左派，只是為左派寫寫稿，像《文藝世紀》這樣的刊物，要請右派作家寫稿，他們也不會寫，所以才會由羅孚、黃蒙田他們利用《海光》雜誌改名《海光文藝》，請來右派中的開明分子寫稿，如姚克、李輝英、盧景文、李英豪、侯榕生、周文珊、陳福善等，相反同在該刊寫稿的曹聚仁卻改名「丁秀」寫《文壇感舊錄》，關朝翔醫生用「馬善同」筆名寫小説。李陽、羅孚、黃蒙田、葉靈鳳、何達、阮朗、夏果、黃如卉、卓琳清寫的稿則全部化名，以避左的身份。該刊《發刊詞》云:「我們不排斥任何流派作品,不拒絕任何新奇理論,自然也不放棄編輯者的取捨之權。」又說:「我們所取的,也未必全部為我們所同意。」最後這句話是指未必同意被選取稿件的觀點。《海光文藝》作者群吸納有右派中的開明分子,和中立人士,事實上,真反共的右派在當時要叫他們寫稿,他們怕被統戰,是不會寫的。

四

1957 年夏天,我忙着籌備結婚,方志勇經理到發行部,在我寫字枱邊的會客沙發坐下,對我說,我們與人合作辦一個文藝刊物,編輯工作不用我們理,我們只負責港澳及海外發行工作。還有每期封底、封底裏、封面裏三幅全版廣告刊登我們出版物介紹。他們會派人約你去談如何配合工作。你忙於結婚是人生大事,但勿忘先搞好雜誌工作的事。

幾天後與源克平通電話,約我到北角英皇道麗文出版社商議。我應約到麗文出版社時,在場的有張建南先生、吳麟華先生、源克平和盧野橋等,他們介紹盧野橋是督印人,也就是持牌人,他們要我介紹香港及海外發行情況,有哪些忌諱要特別注意的事,我盡我所知告訴他們,他們馬上要我給他們首期廣告稿,又說往後海外作者稿費也要我們代轉。就這樣我開始認識了源克平和盧野橋，走過盧野橋身邊可聞到一陣爽身粉香味，給我印象特別深。說源克平是文化人，但更似小商人，為人客客氣氣的，在未認識他之前已經在《鄉土》讀到他為黃蒙田寫的《花間寄語》一書的序詩，共32行，最後四行這樣寫道：

> 我用紫藤連貫百花編一個多彩的花環，
> 然後摘一根青青的蘆葦作笛子，
> 吹奏這闋未成調的小樂曲，
> 好為《花間寄語》作序詩。

當年郭沫若為響應「百花齊放，百家爭鳴」的號召，最先寫了百花詩，名為《百花齊放》，並由國內著名畫家插圖，由大陸著名出版社出版。源克平用夏果筆名所寫的《序詩》，比郭大詩人的急就章、趕任務的詩作，讀起來更有詩味。據說源克平寫詩始於戰前，在《文藝世紀》也時時讀到他的詩作，如為潮劇團、京劇團、中國民間藝術團在港演出所作歌頌的詩，只是他寫詩寫得慢，產量並不多。1957年在淺水灣頭發掘蕭紅骨灰移葬廣州公墓，源克平及《文藝世紀》作者是積極參加者。於7月20日早上起出骨灰，九天後他寫了《蕭紅的墓誌》，全詩46行，有云：

在那黑色的日子裏，

災難的日子，

雖則是一陣清爽的海風，

吹來也像刀刺一樣苦痛的日子，

那個時候——

你草草地離開「人間」，

是的，你靜靜地離開了地獄的。

據說，他在廣州市美時就開始寫詩，但卻惜墨如金。黃蒙田為了刺激他寫詩，不客氣地對他說：「你快要為一個沒有詩的空頭詩人了。」「你作為詩人，你不覺得自己太懶麼？」

源克平表示很佩服羨慕何達寫詩時靈感像扭開自來水龍頭，詩句如流水般流出來。不過他一生要印一本詩集，應無問題，但一直並沒有詩集問世，令人遺憾。我手頭有的只是上述兩首七八十行而已。我保存的《文藝世紀》全部合訂本，都已送給大會堂圖書館了。

五

源克平三十年代在廣州市美術學院畢業後，不久日本侵略軍侵佔我國土，他就參加抗戰，在廣西南部文工團工作，在湘桂大撤退那場浩劫中，他吃盡苦頭。戰後他分配不到甚麼工作，賣文寫詩又難以維持生計，只好再來香港，在中環德忌笠街口舊娛樂戲院附近，租了一間只能容身舖位，經營首飾店，賣的是朱義盛貨色，即仿製品，如耳環、手鐲之類，供應水上人家以及遊客。

有一日，戰前曾在香港報界任職的張任濤，改名為張建南，經人介紹，知道他寫過新詩文，又學過美術，請他出任《文藝世紀》編輯，並請得演員盧敦的弟弟盧野橋做雜誌的督印人，與他合作兼做內務及校對工作。

《文藝世紀》應該說是受了文化大革命的影響而不得不停刊，是在文革開始兩年後，堅持到不能再堅持才收檔的。這時無編一身輕，源克平開始用「龍韻」筆名在《大公報》和《新晚報》寫專欄。他的女兒也在該機構工作。後來才到法國讀書。《閒步集》、《石魚集》就是這時期專欄的結集。

那時我擔任港九鋼材五金商會司理兼秘書長，我們出版了一本《鋼材與五金》的月刊，他被推薦來主持版面編輯工作，審稿是張一鴻兄（即三十年代詩人張弓）。這樣我們又在同一機構碰頭，一直到該刊停刊為止。

源克平離開編輯生涯後，似乎病痛也多了，有幾次病危，由莊善春醫生醫治，轉危為安。他常在我們面前讚譽莊醫生是他的救命恩人。最近我有機會和莊醫生結伴旅行，我曾問他，源克平究竟患了甚麼病而死亡，他說是腸癌，但他又說：其實他身體有多種疾病，醫治疾病除了靠藥物，還得注意飲食吸取營養，但他卻忽略了這方面，應該少飲水，但他少到不飲水，食又食得少，這樣令身體失去了抵抗力。飢渴也會助長病情，不然可多活幾年。

莊醫生還告訴我，源克平太太年事已高，聽說曾住在筲箕灣老人院，一個孩子在澳洲工作，女兒已嫁人，還有一個兒子在香港，諒源太也不在了。源克平是在 1985 年 4 月逝世的，日子匆匆，已離開人世幾十年了。

《香港文學》出版了幾十年，但在十年前計，《文藝世紀》應該是香港文學雜誌最長壽的一本，而現在的《香港文學》頁數要多一倍。隨着國內外形勢的不同，更能容納各流派的作品，包括兩岸三地及海外華文作家的大作。應該說，今天比以前進步，至於銷量是否能超越《文藝世紀》就不清楚，但現在讀文學的人可能讓影視傳媒佔去了不少。而兩本雜誌風格也不同，前者重文藝，後者則重文學，同中有異，異中有同。《香港文學》最早總編輯劉以鬯先生年事已高，幾年前退休*。

* 後記：今年（2017）是劉以鬯百歲生日，我們還為他祝壽，亦令我回憶起另一文化雜誌《文藝世紀》及被我們稱為「緊張王」的源克平兄。

《文學研究》2007 年元月號

將他鄉當作故里

上世紀八十年代初，英國鐵娘子戴卓爾夫人，趁在福克蘭島打了勝仗，便到北京想談延續九龍新界租期，或以主權換治權，誰知她從北京人民大會堂出來，幾乎跌了個仰八叉。香港人知道戴旋風遇上龍捲風，香港前途已定，股市隨着人仰馬翻，人心震撼。

住在香港的同胞，以最近距離面對三十年來的中國大陸，所見、所聞、所聽，歷歷如在目前。很多人曾經想盡辦法以腳代心，以手當槳，翻山涉水，載浮載沉於汪洋大海，捱盡苦難，只幸未被肌獸惡鯊當作點心。踏上九龍或香港土地，以為香港是帝力有所不及之地，可以過安樂的日子，卻驟然說這塊被霸佔的樂土，要物歸原主。稍有能力者紛紛想盡辦法移民以避秦，當時有幾位作家就以 1997 大限為題材寫香港人忐忑不安的心態。香港的外國領事館，日日門口人龍蜿蜒，都是申請移民者，冀望獲得簽證，可腳底抹豬油。僥倖得到批准，如獲至寶，也令那些企待者羨慕不已。

獲准移民者到真正買棹起行，心又如打翻了五味架，一併湧出來，又有依依不捨之情。到了新環境，一切要從頭做起，異國的風俗習慣，天氣冷熱，學習、語言要磨合。雖然物質享受不匱缺，但孩子學業，夫妻分隔兩地，就產生許多問題有待克服。對這情況香港曾拍《太空人》電影反映移民所產生的問題。已故作家舒巷城1988年6月20日曾在他寫的專欄中寫道：「最近報紙娛樂版上有消息說：某演員與妻子結婚已十一年，由於做『太空人』會少離多，感情亮了紅燈，當事人說，這與第三者無關，實因『九七』有關。」他有感辛酸寫詩慨嘆：

浮雲短聚匆匆去，兩地離情一樣長。
千百年來無此事，太空何處是家鄉。

作家陳浩泉當年曾寫《香港九七》、《天涯何處是我家》反映那時一些香港人的不安。十年後他又寫《尋找伊甸園》，以他移民親身體會和見聞，將香港移民、大陸移民在加拿大所遭遇的種種現實，衍演為小說，通過小說中人物的思考，發出「加拿大真是人間樂園麼？」的疑問。他比較晉代陶淵明筆下的「桃花源」，只是一幅與世無爭的農耕圖景，覺得雖然初到貴境遇上許多不如意，也有悲劇，但結論是：

的確，加拿大並非一無是處，有所比較才能顯出優劣，世人的目光明亮，聯合國的評分也不是亂給的。

聯合國曾連續多年評加拿大為世界上最適宜居住的國家。

小說主角移民溫哥華十年，常有遠離鄉土情懷，而念念不忘故國，但他想起德國作家湯瑪士曼說：「我在哪裏，德國在哪裏？」認識到人身處何方並不重要，只要祖國在自己心中，以此來安慰自己。他認為，移民是自願，若云「人離鄉賤」，「夢裏不知身是客，醒來堪驚」，那是自找麻煩；應該採取的態度是「心所安處是吾家，原來伊甸園早在我心中」，這才是正確的見解。

不久前我去加探親，朋友告訴我，一對移民那邊的老人家，住了十年後，老太太卻整天想回香港，她覺得「長安雖好，不如故居」，經十年還未能投入當地社會的也不少。不過加拿大遇上中國農曆節日，如端午，在多倫多中央島舉行扒龍舟，輪渡及到碼頭路上，人流滔滔，途為之塞；除了華人外，諸色人種也來湊熱鬧，參加的龍舟健兒有許多都是大學外籍人士，不過他們只當一種華人民俗的健身運動，至於糉子、屈原則都未聽過。許多華人移民，已認定那裏是心中的伊甸園了，尤其是年輕的一代常稱自己是加拿大人，連我四歲的外孫女都這樣說。女兒叫我在那裏長住，我則一笑，說再說吧！我在香港超過半個世紀，我是香港人，家在香港，尋找甚麼伊甸園。

（註：陳浩泉為現任加拿大華裔作家協會會長。）

《香港作家》2005 年第 3 期

嬉笑怒罵 苦口婆心

漫畫家廖冰兄通過鋭利透視現實的正義之筆，對每個歷史時期的主要反面人物及其推銷執行的生活現象進行了猛烈的攻擊。無論是老蔣統治下、日本侵略者、汪精衛偽政權還是後來的四人幫等的醜惡現象，他的筆下漫畫成為揭露瘡疤的攻擊手。他的諷刺藝術是對着群眾的敵人。但你看他的畫，會覺得他亦是利用「曲筆」歌頌正面。

毛偉大歸天後，四人幫覆滅不久，他來香港三聯書店舉行漫畫展。展出作品中有一幅《自嘲》，禁錮受害者的瓦罐爆裂，被壓縮得不能伸展的被害者，還不能舒展成正常人：白髮稀疏、眼神呆滯、滿臉困惑，不知是禍還是福，連呼吸口新鮮空氣都不敢。農藝有預先做好模型把尚未長成果的放進去，依不同外形變成方形、長形、葫蘆形，而人被定型更是不人道的。只是年復一年、日復一日不斷的説教、批判之下使有思想的人變成定型的怪物。二十年歲月與冰兄同遭遇者不少，所以自嘲也嘲人。環境改變，但有些人還在糊裏糊塗中。十六個字的上題「四兇覆滅後，寫此自嘲並嘲與我相類者。」和漫畫，勝過千言萬語，揭露人被整理成廢物。這種對時弊苦難的控訴，作者需要有很大的勇氣，也敢冒着生命的危險。

漫畫加打油詩抗戰

在五十年代前，廖冰兄的許多漫畫被形容為像炸彈爆破一樣猛烈，形象畫面的設計，讓人看了對被諷刺者的罪惡感到憎恨。不過在民族危機和人民苦難歲月，漫畫家失去正面諷刺的權利、正面攻擊的力量，畫家本身自然痛苦，因此就要用腦設計形象畫面，運用巧妙的含蓄、隱喻、聲東擊西、引人遐想，觸及要害心照不宣，被諷刺的對象卻又不能令它「不存在」。

從 1957 年開始，他有長達二十年不能作畫，一切只好悶在心中，四人幫伏法後，他再作起漫畫來，香港展出就是他再執起漫畫的利刃，揭穿顛倒黑白、倒行逆施的可惡和可笑。引起香港的轟動，看的人都覺得暢快。又反思是誰的責任、誰的失誤，難道這就是天天口頭呼喚的偉大麼？

廖冰兄生於 1915 年，原籍廣西武宣人。年輕時曾是文藝青年，寫過新詩，自行裝釘成冊，黃蒙田曾經看過他的詩，具有現代主義色彩，後來寫的則是配合漫畫的打油詩，他謙說是「阿茂整餅」冇個樣做個樣，但不知年輕時的新詩有否存下來。從 1932 年他開始寫畫，至最近 91 歲高壽善終頭尾有七十五年，他自認：一生嬉笑怒罵，苦口婆心。

廖冰兄從 1932 年開始，在廣州報紙投稿，後來又向上海《時代漫畫》投稿，又是廣州《誠報》副刊的作者。他讀的是師範，未進過正規美術學校，卻熱衷於寫漫畫。他向來認為應向民間、民族遺產學習，把外來的東西「拿來」加上面向生活，就是他自學的內容。

他當時的朋友認為他的漫畫同別的行家比較，顯得他格外有「漫畫頭腦」，平凡的事情在他筆下，就有不平凡的含義而引起觀眾注意。

1937 年他曾來香港和黃鳳洲出版了一份叫《公仔報》的週刊。他的一幅《救亡漫畫》曾被西方報紙轉載。蘆溝橋事變後離開《公仔報》，回廣州投入救亡洪流中去，並在廣州舉行《廖冰兄抗戰連環畫展》，轟動一時。後來投奔漫畫家宣傳隊，寫出大眾化的《抗戰必勝連環圖》、《王阿成打日本》，目的使文化水平不高的觀眾得到教育，同仇敵愾。被當時他們的隊長吳荻舟（後來曾任香港《文匯報》社長）推薦為兩套代表「將抗戰的道理深入淺出的設計作普及宣傳的典範」之作。

1945 年 8 月抗戰勝利，廖冰兄說是「自行失業」，變成無業游民。他當時在四川重慶，想回廣東第二故鄉，但復員後所有交通工具都被有資格「復員」和「劫收」大員佔據，或用來運輸軍隊，他是無資格者，便歸家不得，流落客地，唯有拚命畫許多批評時弊的漫畫；因失業多時積蓄用光，遂舉行《貓國春秋》漫畫展，售門票收入來維持生活，受到熱烈歡迎。

李公樸和聞一多看完多幅刻畫知識分子苦難的畫，獲得共鳴，他們對冰兄說這些作品「為我們說得太多了」。郭沫若還看了多次，以示支持。

馮亦代先生帶了當時美國大使館文化專員費正清夫人費慰梅女士來看，後來她請冰兄去大使館作客，有意請他到美國展覽。費慰梅認為像《貓國》這種強烈的漫畫，在美國看不到，提出請他訪美順道舉行漫畫展覽。冰兄因妻子多病，女兒年幼需人照顧，不能放下她們遠行而婉謝了。

《貓國春秋》四川展完又去昆明、上海等地展出，但結果在上海卻被忌諱者禁止展出。

貓國春秋諷刺醜惡

1947 年 1 月冰兄返香港，參加了「人間畫會」，畫會為他舉行《貓國春秋》漫畫展，地點在中環砵甸乍街（石板街）宇宙俱樂部。

一般漫畫都會引人發笑，冰兄的漫畫也有笑中有淚的，但《貓國春秋》就無笑料，只會帶來憤怒和心酸。

《貓國春秋》由幾套組畫合成，包括《方生未死篇》組畫、《虎王懲貪記》連環畫，《鼠賊稱雄記》組畫、《貓國》組畫等。每套有不同主題，不同主題又統一在總主題下，表現在重壓下善良人民的痛苦心聲，渴望黎明降臨。上海發生大貪腐被免職事，不知正在廣州藝術博物館的廖冰兄有否再次展出這些作品，因為六十年前的事竟仍然適應今天的現實。

貓和鼠被人性化，披了人類的外衣。牠們本是敵我對立，但漫畫中卻狼狽為奸，因牠們有共同所好。貓兒戴呢帽，鼻樑架着黑眼鏡，胸前掛有證章，手提大公事包，皮包中裝滿鼠子進貢的黃魚（即鈔票）。老鼠走私大隊在貓面前堂而皇之操過去。也有畫面上掛着「公正廉明」，身穿名牌衣冠的被告老鼠，在代表法律天秤一端拚命加上黃魚，另一衣衫襤褸想告發老鼠者，只有一條黃魚放在天秤另一端，天秤自然傾斜向多黃魚的一邊，打勝官司的是誰？免問可知矣！

其中《鬟宮燈影錄》組畫（《教授之餐》、《燃血求知》）被認為他創作上最出色的作品。不像其他作品較多用象徵手法，隱晦曲筆；而用直接、正面去描寫，表達當年教育界的困境和抗議。

這展覽在國內展出引起轟動和共鳴，但在香港展出時，觀眾因沒有那環境和經歷，體會不深，甚至不容易被人接受。這亦說明一個問題：國內許多事物，香港人有不盡相同看法。

《信報》2006 年 7 月 10 日

畫中的香港回憶

康樂及文化事務署在報上刊出廣告，香港歷史博物館正在展出《情懷香港——江啟明素描畫展》。

廣告畫面用一張 1981 年上環嚤囉街附近樂古道素描，這處地方是過去我送稿上荷李活道報館必經之處，街口有製鐵網用器小作坊、大牌檔……現在景物不在了，真要多謝江啟明畫下這張作品，使二十多年後的人看到勾起記憶，感到親切。江啟明的素描速寫是我們生活的城市，曾經存在被人關注的景物。物換星移，許多因城市的發展而失落了、遺忘了，看到當年的景物難免興奮。就如我們現在看《清明上河圖》一樣，不單是看張擇端的畫，而是使我們知道北宋時期汴梁的風物。

江啟明學習繪畫始於五十年代，他不是從正式美術學院出身，而是日間為生活奔波，利用晚間去香港美術專科夜校學習，工暇課餘一有空就拿着畫具走遍香港街頭巷尾，深入窮鄉僻壤、當年的新界離島，寫農村的樸素、漁港船屋的簡陋、城市中勞動人民生活的艱難、窮家孩子早當家……題材都是生活是寫實主義手法。他也記錄了香港、九龍的許多地標景物、歷史古蹟，這些景物從新到舊，到破落而修復或重建成為香港歷史的一部份，是戰後迄今詳盡的史畫。他曾説，十多歲時「我已經跑到街頭巷尾去寫生」，並拿一些向《華僑日報》「美術版」投稿。「我還記得『大角咀深圳街』，那裏是一些木板建的屋，多是漁民居住的。從此我就踏出了我藝術生涯與廣大讀者見面的第一步，也是鼓勵了我不斷深入群眾去寫生的開始。」

當時採用他的稿子的是美術編輯黃蒙田（黃茅）。這位編輯曾給他多方鼓勵，並介紹他認識廣東前美協黃篤維藉以認識許多畫家。他印畫冊，黃蒙田為他寫「序」推薦，所以認為是他的恩師。

江啟明的速寫和素描題材是多方面的，早期作品純客觀，或許令人乏味，但他對形象的刻畫靈活而蘊藏着感情，高度概括，又面向生活使人看了產生共鳴。這樣的寫實主義，反映香港五六十年代群眾生活艱難，他的畫寫實，但更重要的是表現了他對人生的悲憫與同情。如果沒有這感情，純寫實技術，意義未免打折扣。

素描是歷史的記憶

戰後的香港，經濟未能恢復，所以政府還要實行配給公價米。而五十年代禁運，失業的人很多，而從國內湧來香港的人又多，那時木屋林立，賴以棲身。一個小家庭解決了住，還得解決衣食，夫婦得出去工作，家中留下孩子，還是童年的大哥大姊就得看管弟妹。他的素描就有小哥哥背揹小妹，一手牽光着身子的弟弟，一手挽着菜籃子；還有揹着弟弟拿破碗行乞；街邊擺賣生果；揹着妹妹溫習功課；也有揹幼弟吹火煮飯，妹妹洗衣；還有拾荒童揹着拾回來的沉重的東西；在街邊的空果箱上做功課……等，反映那時代窮苦孩子早當家的現狀。此外，在他筆下還畫了許多勞動者，如苦力、小販、熨衣婦、送午飯、賣牛雜、賣晾衫竹、婦女剔面、流動染衣、乞丐、排街症……等社會現象。

五六十年代，香港常因水荒而制水，嚴重到四天供應四小時，還得派船去內地運水。那時樓下開了水喉，樓上涓滴全無，因此「樓下閂水喉」的聲音，此起彼落，樓上的人把頭伸出窗口，都喚着相同的說話，巧婦難為無水炊，而家中主婦、孩童就要去街喉排隊輪水。我曾在下班時取一大煲水從上環坐電車到西環，還得上五樓，制水困惑了許多人，畫家把這情形用速寫、素描、板畫記錄下來。五十年代國民黨許多散兵游勇，淪落香港、新界、九龍，香港到處有木屋，經常火災，遇上風高物燥北風呼號，火憑風勢，一夜間在火海中成灰燼，許多家園化為烏有。他用水彩寫 1959 年的「何文田木屋」，1957 年「石硤尾村」、「秀茂坪」、「摩星嶺」等木屋，現在成為歷史陳跡，他的素描則見證歷史的發展。

他的畫除反映昔年香港生活困苦一面外，還素描了許多歷史遺跡、著名建築地標。他寫這些畫，描繪細緻，注重線條，並印成《香港史畫》、《香港今昔》兩書。《香港史畫》是香港浸會校外課程部為他出版的素描集。香港大學中文系主任趙令揚教授說該畫冊「除了藝術上有不可磨滅的價值外，還可補文學研究和文獻記載的不足。」並得到當時英國首相戴卓爾夫人及港督衛奕信專函讚賞和收藏。

《香港今昔》是《香港史畫》續篇，出版後，當年區域市政總署博物館長嚴瑞源說：「他的畫好像一篇寫實的香港讚美詩，不徐不疾，歌頌香港的成果，讚美香港人的艱苦努力。」

幾年前江啟明已是望七之年，退休林泉，但為迎接回歸，還主編《香港明天會更美》畫集，黃蒙田作序，說「這是畫家們過去很長的日子在香港留下來的足跡，在香港回歸祖國的時刻，回顧昨天的記錄以迎接歷史新紀元的降臨」。這也是黃蒙田（黃茅）最後的一篇文章。

退而不休的江仔（朋友對他的稱呼），還為香港中央圖書館畫香港作家素描畫像，劉以鬯先生1996年編的《香港文學作家傳略》裏共收錄的560名作家，他卻畫了八百多人，這是一項大工程，他已做完，可以說香港的作家都有他的素描淡彩畫存在中央圖書館。

天道酬勤晚年悟「靈」

老畫家陳福善曾被稱為「水彩王」，任香港美術協會會長，他認為江啟明的素描「……這方面的造詣已相當深奧。但他還孜孜不倦地繼續這項素描工作，耗費數月的時間，入國內漫遊各地名勝來找尋這麼多的速寫材料。……」。他不止到國內找尋材料，也遠及歐美世界名都大城寫了許多作品。黃篤維先生以「天道酬勤」題勉他的工作，小思女士則認為「江啟明筆下保留了無數香港舊貌，同時追跡着都市新姿」。

晚年的江啟明似乎對「靈」的追求和研究熱心，認為「靈本是一種帶電的非物質，存在於大自然空間，是宇宙萬物生命之原動力，我們雖然不能靠肉眼看到，但你本身的靈魂可觸到，它是超越一切的」。

他說自己是位畫家，他曾周遊世界各國，他感到它事實是存在的，認為藝術家能把握剎那，通過藝術手段去表達出來，那就是真正屬靈的有生命的作品，肯定打動人的內心及靈魂深處，因為那作品是屬「靈」的。他還出版過藝術屬「靈」的畫冊。

最近他出版了自傳式、圖文並茂的書《明刀、明窗》，他在後記中說：

> 《明刀、明窗》是表白我明人不做暗事，有甚麼說甚麼。並也說明我一向做人做事都以陰「明窗」陽「明刀」五行為重。

這本書封底有作者自己的裸體背面，據他說是「希望一生無所污染，污染只是身穿的衣服，赤身而來，潔身而去」。

「靈」或「陰陽」我是門外漢，而江啟明卻深有體會，悟出道理。別人是否認同，不必苛求。不過我以為他的素描應是香港歷史的回憶，也是香港幾十年來生活的回憶，才為重要。

兩年前黃新坡女兒為其父在港開畫展我介紹她認識江啟明，由他介紹認識圖書館人員，結果畫展成功，黃永玉從京來港剪綵，震動國內外，江啟明功不可沒。

《香港作家》2007 年 1 月

大官與何老大漫畫

1968年前，香港《成報》有個長命的漫畫，每天四幅湊成一個四方形。這漫畫名字叫：「大官」，畫者署名古吉言。作者原名叫李凡夫，真名李德尊。他還有一個自己喜歡的筆名叫陳福興，他認為這名字通俗可愛，甚至請街邊圖章檔刻了個圖章，就像以前商人用來收數的長方形木書柬。李凡夫熱愛「石灣公仔」，逛「天光墟」，飲茶上「地痞館」式的茶居，抽熟煙生切，可以用背語和茶客交談，用手語議價。所以認識許多小市民，令他了解和熟悉他們的生活習慣。因此他寫「大官」漫畫，往往通過大官的行為反映表達出社會的生活真象。

漫畫主角是個頑童，大官的眼睛圓而有神，如果從他開始上報紙起計，依人生規律，已由牙牙學語、兒童、少年，到而立、不惑了，但漫畫中這位頑童大官，卻永遠不會大，每天見報，串演一些有輕微社會意義的日常發生的事件；有時滑稽可笑，有時惡作劇，有時蠱惑，有時俏皮幽默。這四幅連續漫畫，不止兒童喜歡，成年人也喜歡，他們打開《成報》副刊，也例必先看一看大官今天幹甚麼，俗語就是「睇大官今日做乜？」

也許是看《成報》的人的習慣，也許是他們喜歡大官那天真逗趣胡鬧；不過最重要的是由於作者李凡夫深入生活，了解市井百態，市民流行口語，説話語氣，令讀的人引起共鳴感親切，才會日日追看。有説李凡夫「大官」漫畫是《成報》副刊鎮山寶之一，也許有點誇張，但事實也是吸引讀者的作品，才可以流行幾十年一樣有魅力。

李凡夫 1968 年去世，大官也隨之消失，此變故固是成報的損失，也是那一代讀者之失。

李凡夫逝世已接近四十年，年輕一代當然不知有「大官」這樣的漫畫，也不知李凡夫這樣的漫畫家。起碼四五十歲的人才會記得那個小頑童的生鬼形象。

李凡夫本來是學油畫的。上世紀二十年代末期，有一班留學日本回來的畫家，在廣州組織了一個團體叫「尺社」，凡夫在這裏學習油畫，並成為社員。龔公任真漢（忽庵）也是尺社的一分子。李凡夫曾對人説，他是畫畫不成的公仔佬。當年美術界認為油畫出身才是真正畫家，而公仔佬在畫畫佬看起來似乎不足道。其實公仔佬、漫畫家們最能反映社會眾生相、生活的深廣度，而且喜怒哀樂，反映迅速，就如散文中的雜文，可以投槍，可以揭露，可以諷刺，可以反映人間的喜怒哀樂。

李凡夫除了畫「大官」外，還畫過長篇連續漫畫「何老大」。何老大穿的是一套殘舊布中山裝，因為職業的變更而改穿唐裝，住舊樓尾房木板牀，家中有一張斷腳的枱，上面放一盞火水燈，失業時間多過有工開，他有點阿Q精神，受盡人間冷暖，過的是倒楣日子多過快樂的日子。還有配角素珍、肥陳，都是典型的城市小市民。當時有些左派畫家批評他為迎合小市民而販賣低級趣味。那時他們腦中盡是高級品味而不知真正現實生活是甚麼，只懂唱高調。不知道生活在真實世界中的勞動人民，究竟想甚麼。看了李凡夫筆下的何老大，他們應該感到真實和親切。

三十年代全面抗戰開始，出於強烈民族感情，李凡夫畫《何老大打日本》還印成書發行。這時的何老大有時是戰場上的戰士，有時是紅十字會的救護員，有時又是神出鬼沒的狙擊手，反映一系列可歌可泣的故事。漫畫難免帶有誇張，但也無傷他的抗日精神。

在抗日戰爭的困難歲月下，人們需要笑來鼓勵士氣調節生活，鼓舞勝利的信念，而何老大打日本能做到鼓勵的作用。

李凡夫黑黑實實，皮膚有點朱古力色，但說話俏皮，帶土式幽默，在一些集會上，我很喜歡聽他那些生動語言，可惜他卻比許多人先走了。他同時代的人現在也走得七七八八了。

《作家》2007 年 2 月號

公仔書

四十年前，曾應朋友之約，為他們編寫連環圖文字稿，他們給我規定，每冊 72 頁，講一個故事。這規定不論故事長短都要執生，必須拉長或縮短。我想這是為了照顧開度，減少浪費紙張的精打細算。這一來編輯費劃一，定價固定，真是兩便。

躬身便知要求盛惠

出版社又規定每頁畫圖下的文字略解不能超出36個字，標點符號不算。字數既規定，人物對話就只好用最簡單的文字在圖畫空隙出現，並拉線至人物口邊，叫人知道誰在説話。

這種一冊一單元故事，有別於早期長篇分冊，在書名下用數目字表示第幾冊。傳統長篇章回小説，每回之末總有「欲知後事如何，請看下回分解」，這是在聽講古佬講書時中途休息、方便，更重要的常常起身後，捧出小盤，向聽眾面前躬身，不必語言就知道要求盛惠了。當年我這類窮小子，兩袋空空或連衣袋都沒有，想惠亦惠不出來，所以看到講古佬掩卷，就行開避惠，等到他坐下來，在遠處瞄到又要下回分解了，又站在一邊聽下去。於是還不識字看書就已知三國、兩漢、隋唐、説岳、征東、征西、掃北等歷史故事，而水滸、西遊、七俠、五義，下江南……也都未讀先知。至於春節有了大人給的利市，就可以去連環圖租書檔，租來在檔口前坐下翻看。不識字看圖也知其內容。若能交按金還可租回家看，有時見喜歡的人物就把竹紙貼在圖上用鉛筆描下慢慢觀賞。

江南一帶稱「小人書」

早期的連環圖依章回小説改編，畫得詳細，因此一套書有十冊八冊，甚至幾十冊，而每冊可百多頁之厚，淨是翻翻也可花去許多時間。租來的不止自己看，連家人長輩也有興趣，叫做看「人仔冊」。廣東人則叫「公仔書」。

「人仔」、「公仔」通常是指圖冊上繪出來的人物，因其細小而稱「仔」，除了圖畫外實物如泥娃娃、木雕、紗燈屏人物都可以叫做「人仔」（潮州話講法）、「公仔」，即是人物之「小」者的叫法。在江南一帶有人稱它為「小人嚣」，即是指被小孩子讀的書，只是地方習慣，其實連環圖是老少咸宜的讀物，不淨供小孩閱讀。

「人仔冊」因為文字簡潔，主要看的是平面上畫的公仔活動，而畫家又用生花妙筆，畫得維妙維肖，生動變化，使你一看就會追下去。

小說描寫戰將交鋒，如程咬金舞動宣化斧，花式就被形容甚麼左插花、右插花，如拳術武功則說花拳繡腿，甚麼雙龍出海、金雞獨立，只能憑自己去想像其動作變化，而連環圖繪畫者，通過圖像把它顯現你眼前。所以許多作家都說他們少年時代，都喜歡看連環圖，已故作家蕭銅兄，曾在一篇關於「連環圖」的文章中說，年輕時也喜歡看這種有圖有簡單文字的書。

發端上海流通全國

連環圖原發端於上海，後流傳全國，那時通常是各地買來開出租書攤，作為租賃生意，賺取微利。很少被人購回家去看。香港很多學校至今似還禁止這類開本的圖書帶入學校，後來有人想出把兩圖轉作 32 開本一頁，印成常見圖書開本，這一來，《三國演義》《紅樓夢》《西遊記》等等終於可以進入學校。

三十年代新文學家蘇汶指連環圖是：「陳舊充滿封建氣

味。」引起魯迅先生的駁斥，認為連環圖畫出不了托爾斯泰，卻說不定可出米開朗琪羅等大畫家，因為羅馬教廷的壁畫《舊約》、《耶穌傳》、《聖者傳》，東方印度的阿強陀石窟，中國的《孔子聖跡圖》明明是連環圖。又認為，看圖畫及文字略解，讀者就可以知道故事梗概，這就是連環圖。

近年小開本連環圖在香港似乎已給 16 開本的漫畫所代替，其實那是開本不同，畫面不同，形式不同而已。

陽光的溫暖

星期天游泳歸來，便往常去的酒樓，同一班幾十年無間斷的朋友品茗。從家到酒樓大概有十分鐘的路程，常按步當車，如閒庭信步的走路，在路上不知有多少次遇上一位穿西裝打領帶的長者，慢步迎面走來，我停下步和他握手，第一次相遇曾問他：

「星期天，一個人去哪裏回來？」

「去聽講座。」他答。

以後我知道他是利用餘暇去聽一些專家學者們的醫學講演，衷心讚歎的說：

「莊醫生你年紀已是耄耋之年，白天那麼忙診症，空閒還不忘增廣新知識，真令我敬佩。」

以後見他就不必問，只是每次表示欽仰他老人家好學不倦的精神。

莊醫生今年已九十五過外了，早年在菲律賓求學，1950年已獲菲律賓聖多瑪示大學醫學博士，後來又再往英國留學深造，至 1954 年來香港定居，成為香港註冊西醫，出任西班牙及菲律賓駐港總領事館醫生，曾獲得西班牙國王、菲律賓總統讚揚他為西班牙、菲律賓僑民提供良好的醫療服務。因此西班牙國王授予高級勳章。菲律賓總統則授予崇高榮譽表彰。

由於他醫術精湛，醫德高尚，對人和藹，診症細心，深受香港文化界的朋友信任和歡迎。張先生喜歡書畫，莊醫生也熱愛書畫藝術，因此集古齋畫廊每逢舉行書畫展，大家常在展覽會碰頭見面，集古齋顧問黃蒙田、經理彭可紹以及職員都尊敬他。我就是在畫展中認識他的。他不嫌我淺薄無知，與我做起忘年交朋友，迄今已四十多年。

北京、香港許多書畫家常請莊醫生診病，如書法家啟功，畫家黃永玉、黃胄，老報人林藹民，出版界的吳其敏、藍真，《新語》及《茶點》雜誌編輯李陽（徐冀）肺積水就是莊醫生悉心診治醫好，《文藝世紀》主編夏果（源克平）生病，是莊醫生多次把他從鬼門關救回來，所以老源常在我們面前讚揚說「莊醫生是好人，又是我的救命恩人」。可惜後來源克平兄因腸癌及其他多種併發症逝世。據知病中的老源連水也不肯多飲，食又少，使他身體失去抵抗力，不然也許壽命可以延長。

莊醫生為病人診病，見有環境困難者，常有憐貧恤苦同情心，不取診金，有時還贈藥，為病者稱譽和感激。香港作家聯會成立，我負責會員福利，我邀請他為作聯醫藥顧問，他聽說是為文化人作家服務，一口應承。會員楊麗君大姐（作曲家黎小田、舞蹈家黎海寧令堂）是貴州人，她的貴州同鄉會想請他為醫藥顧問，他問明我情況，知道是為在港貴州同胞服務，毫不遲疑答應了，令楊麗君大姐非常感激。

莊醫生為病人診病細心望、問聽診，仔細了解病情，斷症準確。曾有一病人患病，在香港多間醫院求診，都被斷為神經病，莊醫生認為頭痛、怕水、怕風，又問出病者多月前曾被狗咬過，因此斷定瘋狗症，有關當局要起訴二十多位醫生誤斷，要他參加為起訴人，他不肯參加，只願在法庭作證，被起訴多位醫生請律師辯護，經莊醫生從病理角度作證後，判被起訴一眾醫生無罪，但接觸過病人的醫護人員，卻要注射防瘋狗症預防針藥。他的斷症正確是由於診症細心分析病歷，又不使業界同行受到傷害，為業界稱譽敬重。

捐血汗錢建教學樓

2003 年莊善春醫生和夫人鄭啟鑾返泉州家鄉，由弟妹陪同到訪 1960 年在周恩來總理親自關懷下創辦的華僑高等學府，由廖承志副委員長為首任校長的「華僑大學」，他看到林立的僑資興建建築物，雄偉壯觀，氣勢浩大，為華僑大學的發展感到高興。為海外廣大華人、華僑、港澳同胞的愛國熱心教育的崇高精神所感動。於是決定與夫人捐資興建一座華僑大學藝術教學樓。莊夫人鄭啟鑾在 1954 年榮獲菲律賓大學牙科醫學博士，後留學美國。莊夫人又把她與兄弟擁有在鼓浪嶼一座別墅捐贈給華僑大學作教學與辦公之用，為華僑教育事業作貢獻。

建教學樓事得到華僑大學吳校長親自覆函接受捐贈，並命名為「華僑大學善春、啟鑾藝術教學樓」。樓址位於該校「陳嘉庚紀念堂」西南方向，佔地 1,800 平方米。於 2004 年 10 月奠基興建，由設計師劉塨副校長親自設計。國務院財政部還撥專款資助。

建築物東南邊綠蔭環抱，自然景光秀美，蘊涵着藝術氣質和氛圍，借鑒中國傳統園林「借景入內」手法，使室內外空間融為一體，建築物與環境協調統一，充份考慮到藝術系的人文特點，物與境和諧。整座建築以幾何形體間的張力為設計，輪廓簡潔、含蓄而有生氣；激情奔放的內部空間，室內光源充足，空氣流通，在此環境受學會感到心情舒泰，精神飽滿。

華僑大學善春、啟鑾藝術教學樓建成後，於 2006 年 11 月 22 日舉行落成典禮，莊善春醫學博士伉儷暨子孫們一行十多人從海外南非、英國、澳洲和香港專程到泉州參加典禮。*

國務院僑辦、福建省僑辦、泉州市人民政府、福建省美術家協會、福建省畫院數十單位以及親朋戚友等的祝賀和蒞臨觀禮，盛況熱烈空前。

是日教學樓到處彩旗飄揚、花籃滿校園，香氣撲鼻，鑼鼓喧天，三頭瑞獅起舞跳躍，威武精猛，領着主禮人進場。室內高懸標語對捐助人示謝：

捐資興教，心繫學子。
殷殷情愫，以留青史。

也有學校師生表決心語言：

「回報海外鄉親對華僑大學的關愛」……等。

教學樓設計師劉塨副校長還在宴會上即席賦詩，詩中嵌有「善春」、「啟鑾」名字如下：

風雨桃李幾十春，舉善桑梓赤子魂；

* 當年我也被邀參加盛會，場面令人感動。

今朝啟彩鑾庭裏，明日百花好繽紛。

藝術系教授王乃欽則撰詩聯，嵌有「莊善春」三字：

善心照顧康莊道，
春雨澆開錦秀園。

華僑大學籌建於1960年，設有藝術系，四十五年來已培養和輸送近千名高質素的人才，有大量人在港澳台三地發揮專業作用。現在由於藝術教學樓的建成，有寬敞的教學環境，有利教學，學系已升格為「美術學院」。該院師生都表現出興奮的心情，表達他們感激的心聲。

全國政治協商會議委員，現任華僑大學校長吳承業博士生導師、教授致詞指出：「莊善春醫生捐助建設藝術樓的錢，不是經商炒作得來，完全是他個人勞動的報酬積累，勞苦換來的血汗錢，得來不容易，卻慷慨捐出來助學……」他的話獲得熱烈掌聲，亦深得我心。我知道莊醫生醫術精湛，以濟世為懷，他對同鄉到他診所診症，收費便宜，甚至免收費用，這是有口皆碑的。

藝術教學樓有展覽廳正展出師生作品，其中一幅油畫取名「陽光」，畫的是莊醫生伉儷晚年的像貌，兩人在陽光下攜手朝着陽光漫步，看到他們臉上對晚景的滿足。溫暖的陽光，充滿藝術教學樓，也溫暖了師生們的心，我這樣的想。

兼容並包　書影留蹤

香港中文大學圖書館系統出版了《書影留蹤》，輯錄中國現代文學珍本選封面書影，以民國時期上海、香港出版物約四五百種，印成煌煌巨冊，拿上手沉甸甸，彩色精印，令我愛不釋手。這本書除中文大學圖書館藏之外，也得到盧瑋鑾教授、藏書家許定銘借出珍藏孤本，增加豐富。

孤陋寡聞的我是第一次見到這樣成冊的圖書封面書影；還有內容簡介、版權附錄，可供稽考出版日期材料，設想周到。香港老詩人方寬烈先生亦收集出版物封面，據告已有三千多種，正着手進行內容簡介起草，上海華東師範大學陳子善教授還請他選出一百種擬供滬方印成冊。唯尚未成事前，香港中文大學圖書館無聲大悶雷一響，印出成書，且有數百之夥，正是無聲無聲嚇你一驚。《書影留蹤》出版，令人敬佩署理館長黃潘明珠女士、馬輝洪先生等人的努力，也顯出他們的識見、魄力而又做到有容乃大兼收並蓄不同意識形態作品，尤值一讚。

中文大學圖書館還展出《書影》原書，參觀者可大開眼界。展出多種珍本，在我從事書刊工作時有些曾經過目，更多的是未謀一面。過去無論是國內或是香港都編印過圖書目錄，以備索引翻查參考。報紙也有書刊介紹專版，介紹新書，但當年政治傾向不同，意識形態各異，也有人為抵制，所以各大圖書館收藏品有嫌欠兼容並錄，尤其是染有赤色書刊大多闕如。現在情況才略有改善。

病榻上譯述

中國新文學運動之後，新文化出版多集中在上海為基地的數大機構，如商務印書館、中華書局、世界書局、大東書局、開明書店等。這些書店主要出版課本、工具書如字典，兼營雜書供自己各地分號販賣。純粹出版新文學最多的則是良友圖書公司、文化生活出版社、晨光出版社，其次還有日新出版社、懷正書局、北新書店、光華書局、亞東圖書公司、南強書局、生活書店等。香港被收錄的只有人間書屋和海洋書屋兩家的出版物。

人間書屋戰後 1946 年創立於香港，1950 年大陸解放，便結束香港業務遷往廣州。海洋書屋原創設於四川重慶，以出版郭沫若作品為主，1947 年才南來香港，他們出版《北方文叢》、《萬人叢書》，作品多數是反映解放區的歌頌文學。

人間書屋可算是真正成立於香港的出版社，當年創立的兩位主要負責人黃新波及陳實，第二次世界大戰時在抗日英軍戰地服務團工作。戰後從昆明返港，詩人戴望舒於 1946 年初給陳實女士一本法國作家羅曼羅蘭著《造物者悲多汶》英譯本，認為陳實的西洋古典音樂修養很深，對她英文造詣翻譯有信心。這本書是羅曼羅蘭畢生精力和付出很多時間完成的巨著。《貝多芬——偉大的創造性年代》一書第一卷，原題是《從「英雄」到「熱情」》（即從第三交響樂到鋼琴鳴奏曲），全書約二十萬字。當年陳實身體不好，經常進醫院療養，《造物者悲多汶》大半在病房中完成。

真假人間

原稿的插圖大部份是悲多汶樂曲的原始手稿或樂譜，戰後香港新書店沒有一家有魄力印這樣大部頭又專門的著作，結果陳實決定自費出版。《書影留蹤》上介紹：「正準備自費出版，黃新波於是建議成立一家由作家們自己創辦的出版社。」並從高爾基作品《在人間》一書得靈感命名為「人間書屋」，由黃新波六歲女兒黃元寫「人間書屋」四字作招牌，後來才以集魯迅字做招牌字，有幾本書如夏衍的《春寒》、黃秋雲的《浮沉》、黃茅的《清明小簡》、聶紺弩的《天亮了》、海湼的《紅工歌》等也集魯迅字為書名。

人間書屋自 1946 年出第一本書起至 1950 年遷入廣州止，出版有《人間文叢》、《人間譯叢》、《人間詩叢》共二三十本書，對當時文藝界影響很大。

《書影留蹤》中，我發現有三本書影，即《有志者》（署名茅盾著）、《隕落的星辰》（莫洛著）及《語堂雜感集》（林語堂著），懷疑不是人間書屋出版。

《有志者》封面印着「香港人間書屋」，介紹說明此書是《人間文學叢書》，可疑有三點：一、原人間書屋集魯迅字體為招牌，無論是香港版或廣州版均不加「香港」或「廣州」在前。二、人間書屋出版三套叢書，只有《人間文叢》，並沒有《人間文學叢書》。三、人間書屋 1950 年遷廣州，香港已結束營業，而這本書卻印着出版於 1954 年，是絕不可能的事。一定是影射冒名者所為。

《語堂雜感集》除有前者疑點外，版權又沒有出版社地址，又用「民國四十三年三月港版」。擁護新中國的書屋怎會用民國紀年呢？

《隕落的星辰》出版於 1949 年（即中華民國三十八年一月），這時南下解放軍五月份才渡江，書上註明「十二年來中國死難文化工作者」應是包括八年抗戰至全國解放前隕落的文化星辰，出版於上海，可能是利用香港人間書屋之名以避迫害，實際卻不是陳實為董事長的人間書屋，不過此書有出版社地址為上海黃河路七八號，又有印刷者正風印刷公司地址，還印着定價一元六角。

我懷着疑惑求真相，打電話給創辦人董事長陳實大姐，她年紀已大，腳力退化，眼力也退化，據她說視力已退去九成，但記憶、思維清晰，聲音響亮。她說人間書屋除香港外，後遷廣州後別無分號，五十年代後香港並無出書，也絕不會用民國紀年。諒係別有用心者冒名。

上面上海正風印刷公司印的書定價一元六角，同時我也見上海星群出版公司刊行，由臧克家主編的《創造詩刊》六種書影，每種定價貳圓，都是1947年出版。中國復旦大學圖書館龍向洋的文章〈民國時期出版概況〉中指「抗戰勝利至四九年間，通貨膨脹非常嚴重，出版社都不願出書。」

記得我四十多年前保存的一本《詩創造》，多年前找出來重讀，還寫過一文談到該刊定價國幣貳元，附有說明：「一九四八年八月一日起，暫照基本定價二十萬倍發售。」還有星群出版社致同業啟事：

「……郵購日多，一個月積壓下來款一億多元，請讀者通過銀行或郵局匯款，如因款額不大，在五十萬以下者，購大額郵花（每枚在五萬元以上）以九折收取。」

「合訂本十二期，基本定價十二元，售價六佰四十萬元。」

這期《詩創造》邵燕祥來港時，我與高旅去探他，知他存書已被毀，我轉送給他。該刊有他 16 歲時的詩發表其上：詩說

歌頌晴天的，不是蝴蝶，是我們，是隼鷹。
飛向晴天的，不是蝴蝶，是我們，是隼鷹。

書本外衣　雜誌內容

1948 年香港新青年文學叢刊社出版的《饑餓的隊伍》註明：香港的一日——（文藝精選）。其實是雜誌式的刊物，但當年出版刊物要向華文司註冊，還要交一萬元按金。若以「書」名義出版便不必註冊。該社還出有第二輯《騷動》。

《香港的一日》是 1940 年香港文藝生活出版社、文協文藝通訊部聯合徵文，仿效茅盾的《中國的一日》說：「……來全面的、深刻的，暴露香港一日萬花繽紛的生活動態——光明與黑暗、繁華與貧困。」當年任徵文評選的有戴望舒、葉靈鳳、徐遲、林煥平、郁風、袁水拍、楊剛等。獲選有 15 篇。戰後《文藝通訊》又舉辦《香港的一日》徵文，同時籌

辦《新青年文學叢刊》出版的第一輯《饑餓的隊伍》，故友卓琳清（楊柳風、容穎）有〈難忘的一天〉一文選入。懷湘（廖沫沙）撰〈在普及的基礎上提高〉、黃秋雲〈香港有值得寫的題材嗎？〉；第二輯《騷動》則有葛琴（邵荃麟夫人）的〈速寫和報告〉、力揚的〈可以為資產階級寫作〉的論述作為輔導。聽說每冊印二千本，一印出即售清。

《書影留蹤》只印了第一輯封面，卻未見第二輯，真是滄海遺珠，實在可惜。

《鑪峰文集》序

1961 年夏季，張千帆先生提倡出版合作文集，分頭約稿，每人乙篇，請吳其敏先生主編，夏果先生設計封面。作者有 50 位，因而把書名題為《五十人集》，由三育圖書公司出版，很受讀者歡迎，再版還有部份製成精裝本，便於珍藏。半年後再編《五十又集》，「又集」除前集部份作者外，亦有新參加者。兩集中的作者六七十人，均是當年活躍於海外文壇的。除香港外還有來自印尼、緬甸、馬來亞、新加坡及澳門等常在香港刊物投稿者。

兩集百篇文章題材多姿多彩，寫法珠玉紛陳，讀完兩集，如見到舊雨新知朋友。當年本人（羅漫）及海辛、李陽、李怡……等人剛入或將候補而立之年，能濫竽其中，自感光榮。亦說明集中包括老中青人的作品。

不久鑪峰前身一班喜歡寫作的青年朋友推舉李陽、海辛等組稿出版青年創作集。又請吳其敏先生主編，徵得成立不久的萬里書店，於 1961 年尾為我們出版：《市聲、淚影、微笑》小説集，《海歌，夜語，情思》散文集。每集有十七八人的作品選入，他們包括有李陽、海辛、舒巷城、林真、伍國才、楊祖坤、陳琪、譚秀牧、張君默、李祖澤、朱昌文、鄧仲焱、鄧仲文、歐陽芃、黃夏等。這類合集的出版，到現在已有四十五年之久，有多位朋友已作古人了。

去年朋友們提議出版文友合集，因此由我發函約稿，經過幾個月共得三十多位朋友支持，趕在去年底請天地圖書公司，代向香港藝術發展局申請贊助印刷費，蒙陳松齡董事長答允玉成其事。事隔半年才獲藝發局文委會通知撥款，使得文集有機會可以出版和讀者見面。為香港文學園地增添一株花草。

文集內容有:「小說故事」、「散文與詩」、「隨筆札記」、「沙漠綠意」、「天下行腳」五個專輯包括有老一輩作家和中青年作家的大作。

香港常被過客同文稱為文化沙漠，其實香港早已不是文化沙漠，而是有香港特色的文化花園，有人少見多怪，像阿Q習慣於老家生活見聞，去了一次城回來便大驚小怪。不過時空在變，生活在變，有人還在跟隨老皇曆。「沙漠綠意」中幾篇文章或可以告訴他們沙漠中也有綠的花草，也有園丁在經營。藍真的〈書林兩章〉，黃尚允〈文史武俠雙璀璨〉，已故甘豐穗的〈歷史的見證〉，司徒敏青（東初）的〈香港民族管弦樂團的起點〉，游隼（羅琅）的〈鑪峰半世紀〉所記所述，都同香港文化有關，告訴大家，香港武俠小說大家不單有金庸，還有梁羽生，香港亦有東初他們數十年為民族管弦樂所作的努力和影響，從年輕到滿頭白髮蒼蒼，鍥而不捨，還為教工合唱團任指揮，到處演出。鑪峰半世紀，一班文學青年，不離不棄地維持、團結，雖然曾被邊緣化，但他們半個世紀過去，成為一種奇蹟。這一輯的資料豐富，是香港文化史不可或缺的一部份。

此外，四十年代名重海外的「人間書屋」創辦人陳實女士，老報人羅孚、吳羊璧、畫家歐陽乃霑等的散文，趣味濃郁、文字簡練清麗，都是好文章。

既是合集，各人風格有異；基於文責自負，編者尊重作者，不作刪改，讓讀者自己欣賞。隨各人喜愛。

最近讀到老作家彭燕郊先生一篇文章，他說：「散文，其實很平常，我們每天都生活在散文裏，因此我們每個人都對散文感到親切。也因為這樣，散文作為文學術語，表述的是相對說比較寬鬆的概念。它當然必須有不可缺的文學素質，但又不是很規範的，而是比較自由……然而自由到可以有多種不同形態，涵蓋書信、日記、遊記、回憶、序跋、嬉笑怒罵皆成文章的雜感。」這本文集，正是這樣的不同形態結集。既多樣化、資料性，又有可讀性。

2006 年 7 月於綠葉蝸室

書惟篤志虛心細讀

上世紀五十年代起，曾有十多年時間，我每天都有很多書經眼，因為我的工作要為香港、大陸出版的新書翻閱內容，決定是否適宜發行星洲、馬來亞、泰國等地。當時這些地方有的在殖民地統治下，有的是反共、東南亞條約的成員，他們害怕赤化。因此香港、大陸出版物有涉及謾罵「帝國主義」、「資本主義」，歌頌「社會主義」、「共產主義」字眼，就會被拒入口、禁止及沒收。閱讀新書雖然是走馬看花，翻翻粗看，也得十分留意「序言」、「後跋」等顯眼的政治宣傳等，必要時還得小心代撕去，以免影響入境。每天要過眼那麼多新書，自然談不上詳讀，卻也不能馬虎。這份工作對我增長知識有幫助。但那不能算是真正讀書。只有業餘時間在車上、床上、上廁打開自己要讀的書報閱讀，才是真正所好。

我們那一代人，年青時，正是日本軍國主義侵略我國之時，沒有機會受學，生活困難，每日要為生活奔波，戰後自感失去的要惡補回來以充實自己，就只好有空爭取學習。蘇軾曾說：「孔子聖人，其學始於觀書。」聖人如此，凡夫俗子，還不好學，如何立足社會？

朱熹有一首詩就是人們熟悉的〈觀書有感〉：

半畝方塘一鑑開，天光雲影任徘徊。

問渠那得清如許？為有源頭活水來。

詩看起來是描寫池塘波平水清，陽光雲影倒映水波鏡上，清澈見底，塘中有泉潺潺注入，使塘水不腐。若不看標題還以為淨是寫景，但結合題及詩，是他因景生情，欣然命筆借景引出看書能得到心胸澄澈清明，書成了有生命力的「活水」。難怪古人有言：三日不讀書，面目可憎之話。

我曾見過一個竹筆筒，竹筒上刻朱熹那首詩，當你取筆用時，就看到詩裏的「活水」之源，提醒讀書的重要。

印刷機器發達，世界出版書刊恆河沙數，各門各類浩如淵海，古人皓首窮經，不外是十三經，今世訊息眾多，一個人除營營役役於生活，空餘時間不多，書讀極不完，就不能見書就讀，我認為首先要讀同自己業務有關、自己喜好者外，亦要遍及其他以輔助了解內容也有必要。

著述的人寫作時，往往因時因地的經歷見聞而落筆，你如果知道歷史背景、典章制度，讀起來就容易理解作者原意。如《紅樓夢》這樣長篇小說，能了解當時創作背景，對理解其中人物行為、衣食住行，家族關係，上下尊卑，那麼我們便可由故事讀懂這封建時代、科舉制度、人們心態所展現的一部百科全書。

我自己經驗，書可以無所不讀，但也愛選一些喜歡的細讀，尤其好文章就希望做到眼到、口到、心到。

眼到是要細讀、口到若是詩歌美文還要口誦以增進記憶、心到其實是用腦思其意義，虛心研究。反覆參考各種資料，熟讀而不厭，才會融會貫通，所謂：「讀書百遍——而義自見」。現代人不必讀百遍那麼誇張，能多讀多思，循序而精，必有所得。

讀書最忌讀死書，人云亦云，沒有自己的見解，不問對錯，全盤照收，那就不讀也罷。世間事物在同一件事，卻有不同的說法，日本有部電影叫《羅生門》，一個故事在不同人，有不同的見解，大家耳熟能詳。近代史幾十年前的江西紅軍為形勢需要轉移去陝北，叫做「二萬五千里長征」，死亡慘重。有人認為「長征」只是「逃亡」。抗日戰爭慘勝，有說是蔣的功勞，有說是毛的英明，甚至在抗日中打勝仗的戰役也為避忌諱，而刻意想人從記憶中遺忘，亦是同一件事有兩個結論。那麼當我們讀不同歷史記述時，就得從各方敍述探求其真理才能得到歷史的真相。避免跟人口水，以訛傳訛。

我國周朝時武王伐紂，古書《尚書》描寫戰爭情況有「血流漂杵」句，就是說伐紂王之戰，血流成河可把木槌漂浮起來之慘烈。

後來孟子認為周武王乃仁德之君，伐紂是為除暴，不會慘殺生命「血流漂杵」，成為盡信書不如無書之喻，言之成理被人引用。但「書」有好的，也有壞的；有真理，也有歪理。有寫之翔實也有偽造的。那讀書時就必須分清真假，還歷史原貌。

在一場雙方你死我亡的血戰中，仁義之師，仁德之君，雙方打鬥中，你不殺他，他就亡你，是戰場上爭取勝利的手段，這情形下迎敵殺人，是為了保護自己，流血是無可避免的。敗方投降，不殺降兵才是顯出「仁德」，現代社會已有人道主義。周武王仁德可能也就是不殺降者吧！

我每天讀報，有些讀過如陶淵明在《五柳先生》中所言「不甚求解」，一般是沒甚意思的才如此，但如遇上有精彩的，也「每有會意便欣然忘食」，再看，細看，剪起存閱。

以上所述，不算得是心得，只是我的習慣，在這習慣之下，對世事形成自己一套見解，避免隨風擺柳，東風吹倒向東，說東風壓倒西風，西風烈就說多謝西風，把後園的花吹放了。

《作家》2007 年 3 月號

甘豐穗二三事

北京老編輯常君實，每年都寄來聖誕卡，他選的卡不同一般，不是千篇一律印着中英文賀詞的那種，而是空白內頁自行寫上不同祝詞，還在空白處附言，閒話生活近況，以及工作情況。因此他的賀卡，祝詞和問候兼備，等於一張短簡。今年他的來卡，賀詞之後寫的是：

謝謝您的推薦

甘兆光先生為編寫《香港老街漫步》一書稿，提供香港老照片三百多張。兆光兄又請香港名作家慕容羽軍（李維克）編寫的文字書稿十多萬字，照片、書稿均已寄來。

《香港老街漫步》是兩年前，常君實約我編輯，這套書是他為北京工人出版社編輯的《老街漫步》系列之一。他們已出版了上海、北京等多冊。他還給我寄來樣書兩冊，以供參考。當時我日間要上班，夜間應酬又多，餘下時間有限。雖感常先生盛意拳拳，實無能為力幫他忙。於是想起甘兆光（甘豐穗），他當時正在《大公報》撰寫懷舊性質專欄，資料豐富，且每文附有插圖，圖文並茂，可讀性高，很受讀者歡迎。我問他是否有興趣接編此書，並把常君實兄寄來的兩本樣書轉給他，他答應了，我便把他推薦給常君實；並叫他們直接聯繫，雙方議定編寫該書條件。《香港老街漫步》，需要一批香港舊照片，我知道老甘為搜集圖片，花了不少工夫和精神，畢竟他的年事已高，能否完成，頗為他擔心。直到去年 11 月老甘給我電話，説他為君實編的書，圖片書稿已寄去，三百多張圖片是他提供，文稿則是慕容羽軍撰寫的。常君實囑他問候我近況。我説交了稿，出版指日可待，相信此書出版，配合國內擴大自由行來港熱潮，銷路當甚可觀，可喜可賀。

我收到常君實賀卡，想打電話告訴老甘。接電話的是他的保母麥姑，她説甘先生同他從紐西蘭回來的媳婦出去飲茶。

下午三時後，再打電話去卻無人接電話，整個下午打了多次，都無人接電話。後來才知道原來老甘於 12 月 22 日已被送入醫院，至 28 日下午五時，因心臟病發往生去了。

聽到老甘大去，痛失良朋，難免惋嘆，但令人安慰的，他並無長時間纏綿病床，無遭病魔折磨之苦，也是一種福氣。常聽人惡語咒人：「你將來無好死，踢爛三四張床褥。」「無好死」者是做壞事的下場。老甘是老好人，樂於助人，所以免受病魔折磨痛苦，天理如此。但有些人並無做壞事，卻一直受病痛之苦，即使活上百歲，又有何意義呢？實在不是一件美事。這樣活着受別人祝賀，受者有苦自知，其實為他祝賀者大都言不由衷，或者別有用心。

七八年前，黃蒙田、卓琳清兩人相繼逝世，我與高旅、甘豐穗曾在時代廣場附近咖啡室飲咖啡，扯到生死問題。我看到一般外國人研究生死問題，說現在人類活到65歲，多活一天就賺多一天，他們兩位都表示同意這種的說法。高旅對子平之術有研究，對自己壽元心中有數，只說他積蓄的錢，現在不寫稿，也可用到瞑目之時。1997年，他見證香港回歸後，不久就因心臟病入院，隔天就去世了。老甘多賺了七年，計算起來多活了二千多天。如今剩下的只有我了，就人生平均生存日子來說，也有賺了，只望生存無病無痛就有福了。古人說「高壽則多辱」，即使活過百歲，若長期輾轉床笫，不能自已，求去不能，對己對人都是負累，正如古人所言，老則辱！

近年，老甘每星期天有空常過海來同我們品茗，已現步履蹣跚，舉步維艱，脾氣容易激動有躁味，他又不拿手杖助力，來時由保母扶着，陪他來，飲完咖啡常由我扶他到巴士站乘坐 112 號，看他在樓下找到座位，才揮手拜拜。記得最後一次應是今年一月中，適逢黃尚允兄也要過海，和他同路，就交由黃兄扶他上車。這路車總站就在他家附近，抵達後可以漫步回家，這應是我最後一次送他歸家了。他逝世後，在 2006 年 1 月 15 日，他出殯的日子，適逢我離開香港，未能看他最後一面，送他西歸一程，實感惆悵。

甘老做得最久的一份工作，是在《華僑日報》、《華僑晚報》和鄭家鎮合編副刊，一做二十年，直至該報結束為止。期間他曾邀請我為他們寫專欄，並介紹譚秀牧過去編文化版。我還介紹高旅、曾敏之、夏婕等人在副刊寫專欄。高旅寫雜文小說，曾敏之寫文史隨筆，夏婕寫小説，而海辛、張君默、金聖華、張文達、夏易、周文珊等一班人也是《華僑日報》的作者。

《華僑日報》結束後，他一直筆耕不輟，為各大報章及刊物撰稿，閒時也玩玩股票。他説希望賺到可以不依靠子女生活才放手。事實上，他的子女都已自立，他則寧願自己養自己。到近年他告訴我，他正在陸陸續續撰寫《華僑日報》回憶錄，已寫了二十多萬字，容若兄聽説老甘去世，很關心誰可接手完成其遺作。那是以後的事了。

甘兆光是他的原名，筆名常用甘豐穗、柳煙橋、貝莎等，早年他進入新聞界，曾在韶關《建國日報》、《力行日報》、廣州《華南日報》工作。戰後來港則長期為《大公報》、《新晚報》、《文匯報》、《香港商報》、《星島日報》、《明燈日報》等報刊撰稿。

他曾於五十年代任教西環「八達中學」，後來被星洲世界書局羅致，出任編輯，撰寫教科書、文藝通俗讀物等等，後任職中聯電影公司，負責編輯《香港電影》及宣傳工作，並為香港電台編寫廣播劇，改編過傑克的《癡兒女》、《新界桃花》、《大亨小傳》等。

甘兆光於 1941 年在香港被「中國新聞學院」取錄，該院董事長許世英，副董事長陶行知，院長郭步陶，副院長金仲華。甘畢業後返國內，加入抗日後方的「中國工業合作協會曲江事務所」（簡稱「工合」），並被派往江西寧都開明書店工作。近年任「香港中國新聞學院校友會」副會長，曾任香港藝術發展局文學委員會顧問、文學評審委員、香港作家協會理事、鑪峰雅集理事等職務。

老甘常對我説，早年在余思牧兄的萬千出版社出版的短篇小説《空門遺恨》，他很喜愛；可惜，他現在連一本也沒有，多次問我何處可以為他找一本保存，事隔幾十年，着實找不到了。

近年他以張保仔事蹟寫了《香港拾荒錄：赤鱲角英雄

傳》，是一冊記錄了香港早年事蹟兼具浪漫情思的小說，張保仔在一般人印象中是出沒於南海一帶的海盜，在他筆下卻變成了拓荒英雄，自有他的觀點和寄意。六七十年代葉靈鳳先生曾根據傳說及《靖海氛紀》，外國紐曼的《中國海盜史》，及林則徐的奏摺，張保仔受降的官方文書，寫過多篇介紹張保仔的文章發表，後來有的收入上海書局出版的《香江舊事》。據稱長洲的一處小洞被稱為張保仔洞，就是他窩藏贓物的地方。有一年在長洲開永長城書店的劉炳文兄請我們品嘗香肉，同去的還有中國通訊社的張建南社長，以及葉靈鳳、高旅、趙克等人，還帶我們到張保仔洞參觀。甘兄卻把這位不識字的漁民，後來做了海盜首領的張保仔寫成赤鱲角英雄，把香港人喜聞樂見的故事，重新鋪排，賦予生命，以他抗葡反荷的事蹟，加入他個人的羅曼史寫成這部野史。雖不是真史，卻史跡可據。對這部小說，慕容羽軍先生說：「這一部小說屬於具有『治史精神』和『創作意念』的作品，整部小說娓娓道來，起伏有致，有傑克倫敦的野性，也有大仲馬的奇詭，總的說來，它是一部可讀的創作。」

這部作品老甘曾向藝術發展局申請資助出版，卻被拒絕，說它是歷史傳說，不是文學作品，所以不予批准，當時的評審員水平實在令人懷疑。後來他再次申請，才獲得資助，於 1999 年出版，以傳後世。（我的一本香港文學資料集也曾向藝展局申請出版資助，也被拒絕。有朋友叫我再申請，我無興趣，今已十年。)

甘豐穗創作的小說計有:《空門遺恨》、《回春曲》、《天機》、《過年關》、《接財神》、《村野情歌》、《普慶坊風情》等。

其他著述計有：《給中學生一束信》、《怎樣閱讀課外書》、《簡易語法入門》、《四用作文手冊》、《學生描寫辭典》、《百科全書》、《閱讀的目的與方法》、《哲學知識講座》、《中小學生作文三百篇》、《怎樣寫記敍文》、《八用中文成語辭典》、《漫談小說創作》、《文藝作品分析》、《中國文學故事》等等。

《城市文藝》2006 年 3 月

身後事

黃仲鳴〈祭甘老〉一文，說他拖着疲乏的身軀，流着鼻水，前往祭甘豐穗，所見靈堂「真是很淒涼。淒涼不是我，是甘老。」又說：「……走後家屬不回贈一封吉儀？那裏會有一粒糖，可潤潤我感冒的喉頭；那裏有塊小紙巾，可幫補一下我快將用光的紙巾；那裏有一塊錢，可幫補我行將坐火車回去的車資。可是沒有。」他簽名時見簽冊上只有五個人，最後他說：「這是今天早上，第五個弔客。」

那天應該是 2006 年 1 月 15 日，甘翁（近年我稱呼他為甘翁，逝世時已八十有六了）出殯的日子。去年 12 月 22 日，他進醫院，28 日下午五時逝世時是聖誕假期後第一天。放聖誕假前，我曾數次打電話找他，卻一直無法聯絡到，其實他已住院。他逝世的消息是方寬烈兄通知我的，離甘翁大去已數天，我又打電話從他傭人得知他家人將於 1 月 14 日晚設靈於萬國殯儀館，翌日大殮出殯。我問出殯時間，她支支吾吾說大概是中午，同我從方寬烈口中聽說一樣。甘翁在香港文化界工作半個世紀，朋友不少，應該設法通知他們，送他最後一程，便根據聽到的消息發了一段訃告新聞，給大公、文匯、商報……等傳媒，我相信他的家人按習慣應該會正式為他登報發訃告周知姻親世誼及朋友。

1 月 14 日我去海南島，所以未能與他見一面送他最後一程。返港後知出殯當日，雖不至無弔客，但情況卻冷清淒涼，一如黃仲鳴文章所説，原來他家人並無刊登訃告，以致有人到達殯儀館時，已出殯了。我真感到心情沉重。甘翁已年屆九秩開六高壽，世俗認為耄耋之年往生，是笑喪掛紅燈籠，不必悲傷，想不到意料之外的清冷。怎不令人悲傷呢！

不過，甘翁昔年鐵流歌詠團的朋友，中國新聞學院的同學尚在世者或後輩，在 14 日有到靈堂致祭。

遺物找到去處

香港大學亞洲研究中心「香港口述歷史檔案計劃」的黃秀顏博士，日前約我飲咖啡，告訴我她徵得甘翁女兒同意，將他父親的遺物，如藏書、剪報、手稿、信件……等捐贈給港大孔安道圖書館，並由黃博士洽得館方接受，派人到他家中包紮成十六紙箱，取去進行整理、裱貼、存檔、處理及保存，供後人參考。

甘翁逝世的消息傳到他老友黃文彬耳中，他曾致電給我，希望我告訴他家人好好處理遺物，以免散佚，遺失。在我還未聯絡他家人時，黃秀顏博士已熱心做了這件事，使遺物有個好去處保留下來，甘翁泉下有知，必老懷安慰矣！

黃秀顏博士過去曾在《華僑日報》編過短時期「教育版」，她又為甘翁進行過口述歷史錄音工作，這年輕人敬老尊賢，時常與丈夫到蘇屋邨去探訪他老人家，他曾多次在我面前讚譽她。且把她當作可讓他說心中想說的晚輩，所以無事不說。

甘翁遺體火化已有個多月，遺物也獲安置，但據說他的骨灰尚寄存殯儀館，未入土為安！

京華故人感意外

為北京工人出版社主編《老街系列》的常君實老人，最近給我來信說：

> 你告訴我甘兆光因感冒突然去世，實在太意外了。上月 5 日（註：指 2005 年 12 月 5 日），他寄來他經過多方收集的香港老照片三百多張，還寄來一信，信中說如果還要出版介紹澳門的導遊書，他還可以幫助提供照

片和書稿，他還來電話，我們談得非常好，想不到這是最後聽到他的聲音了。你去參加他的追悼會或遺體告別儀式，請代我簽名致哀。

可惜我收到信時已是2月中旬，我未能如常老師所託代簽名致哀，實感惆悵。但常老的一份濃濃的故人情，真難得。

常君實先生曾為甘翁工作的世界出版社主編於二十多年前出版的《中國新文學大系》續篇十巨冊，並撰寫長篇序言。當年正在文革時期，其中有些內容不合香港海外環境，曾由譚秀牧花多年時間進行適當的修改。

常君實先生近年主編《風雨歲月叢書》，出版《臧克家回憶錄》、《蕭乾回憶錄》、梅志著《我陪胡風坐審》、新鳳霞著《我與吳祖光四十年悲歡錄》、蕭軍夫人王德芬著《我與蕭軍風雨五十年》、蕭乾夫人文潔若著《巴金、蕭乾倆老頭兒》，由中國工人出版社出版。

另一套由中國文聯出版的《回憶文叢》已出版：《吳祖光回憶錄》，將出版的有《蕭軍回憶錄》，他希望我介紹推薦香港熟悉的出版社出版繁體字版，他說上列各書很有史料價值和可讀性。

他還主編過《台灣文學名著大系》、《台灣現代文學叢書》、《台灣名家散文叢書》、《台灣散文名家名品叢書》……等。

甘翁長期在香港教育界、出版界、報館工作，但卻一直都住在蘇屋邨公屋的一間小房，近年他太太住進新界老人屋，他自己獨居，朋友到過他家居，所見到處是亂七八糟的書，家中掛有他拿手自畫的小雞為伴，多位朋友也蒙他揮筆饋贈紀念。

《香港作家》2006 年 4 月

吟詩者紅葉

接到香港作家秘書潘夢圓來電，告訴我詩人紅葉逝世了。

一時講不出話來。不久前還在作聯一個聚會上見到他。因近來已有好長一段時間未見面，從旁人的消息知道他身體違和，主要是眼睛施手術後併發的毛病，手術也未臻完善。那天見面，他對着我說個不停，我因為還有其它事，未能與他暢談，他似乎還有許多話想說，我卻未能聽他雞啄唔斷訴說，現在想聽他說，自然不可以了。不過，這些年來，讀他的詩，總不會忘記他那特殊的聲容。紅葉似乎心無城府，想說便說，直率天真，相信許多人往往一笑置之。但我讀他的詩，覺得在香港眾多詩人中，其詩的意境、詩味還是優於許多人的。他的詩不忘反映人間疾苦、歌頌愛情，也情真意切，不宥於他自己的年紀，自己的環境，且有勇往直前的瘋狂，即使引人說笑，他也是不理的。

有說大詩人都有瘋子的性格，紅葉即使未被人讚譽為大詩人，但性情也有着狂的行徑，或可以說是老天真。

紅葉一生都在香港市政署工作，擔任管清潔工作的科文，因此有人開玩笑稱他為「垃圾詩人」。他亦毫不為意，因此他寫的自傳《吟詩者言》就說：「為了生活，我同母親兩人找了份市政署的清潔工，靠兩份薪金才可以維持最低的生活水平。」職業無分貴賤，他一做就做一輩子，更利用這樣的薪酬讀夜校學英文，還不斷地寫詩。他的詩發表於《中國學生週報》、《祖國週刊》、《文壇》、《學生時代》、《伴侶》、《七十年代》等刊物。詩若寫得不好，不會受老編青睞，而投稿的人很多，能被取錄是擇優採良的結果。其實一生為香港市容打扮，意義還小嗎？

他寫詩一直寫到生命的盡頭。他在《圓桌》詩刊發表的《夢中和李商隱談女人》一詩中說：「愛情就像蠱惑的小蟲，在我們心底鑽動。」他發表於《鑪峰文藝》的《活着》一詩說：「活着是為了國土完整。回歸　統一　就連澳門也回歸了，仍放不下　歷史的包袱？」

紅葉明白了「愛情」的蠱惑，也明白了「活着」的意義。這也許是他的人生悟境，我相信他早已放下了歷史的包袱了。

紅葉年紀比我小兩歲，而今大去了，他時時想和我殺一局象棋，我自知棋藝不高不敢答應，現在想同他殺一局，沒有機會了。

《香港作家》2007 年

星辰悲殞落
——韋妮（楊莉君）

羅孚先生想找有關邵荃麟、葛琴夫婦的資料，問我可記得邵家天（高旅）他這位本家，可有寫過詩文？我記得高旅寫過兩篇記葛琴的文章。邵荃麟被解送北大荒時，他寫過一首詩，曾抄送給我作賀年卡，找出來後送到他府上，甫進他家門坐下，他就問我可知道楊莉君已逝世了？是6月6日。又說曾敏之會長的輓聯，也寫好從廣州送來了。

6月28日楊莉君大殮出殯，在九龍萬國殯儀館舉行。那天天陰，間中有雨，我乘車在理工大學站下車，忽然下起滂沱大雨，叫我憶起淚花化作傾盆雨的詩句。是不是認識楊大姐的朋友的淚花成雨？林翠芬一聽我說起她的大去，眼眶就泛紅含淚，要用紙巾拭抹。那天華莎、金虹、潘夢圓……等都來了。

靈堂掛有羅孚夫婦的輓聯：

風雨滿城昨夜星辰悲殞落

文章傳世今朝壇坫頌清名

也有曾敏之送的輓聯，和各界致送的花圈悼念的，密密麻麻，顯示楊莉君甚得人緣。

我認識她，首先是她用韋妮筆名寫的許多文章，從大公、新晚、星島到信報。香港作家聯會成立，她參加為會員。她擔任香港貴州同鄉聯誼會工作時，想聘莊善春醫學博士為該會醫藥顧問，打電話給我請莊醫生允諾。莊醫生問清楚情況背景後同意，我轉告她，她很是高興。電影公司試片時，我們常碰到，一般我看完就離開，沒有深切交談，後來李默組織文聯，她是文聯的活躍分子，早年常同作聯合作搞些活動、旅行、遊船河等，這時我們見面機會多了，知道她對國內那血淚斑斑的十幾年黑暗歲月，令許多人受盡折磨痛苦；又對「六四」殘暴鎮壓，一直滿心傷痛耿耿於懷。有一次我們組織到國內參觀，問她參加否？她說如果她離開香港，她養的心愛狗兒，便沒有人照顧，請人幫忙也不容易。單身長者，有一寵物，可解孤獨寂寞。自然也應關心牠的生活，因為狗兒已失去自己獨立生活的能力了。

楊莉君的一對兒女，在香港文藝界，是出人頭地的著名藝術家，兒子小田是作曲家，女兒海寧是舞蹈家，她卻不願沾兒女的光，認為他們的成就，是他們自己努力奮鬥的結果。

其實她憑韋妮這名字，就已是香港文化界知名人士了，況且她的知識是多方面的，音樂、舞蹈、電影、文學都涉獵和有造詣。香港許多文化活動，常見她在場，認真聽，詳細記，爾後寫成細膩活潑的文章發表於她的專欄中，令讀者陶醉。

她在商報工作，被陳凡先生青睞挖角並為她取筆名，作品大受讀者歡迎。羅孚先生說她「文章傳世」留得「清名」，可說是蓋棺論定。

她大殮出殯之時，忽然大雨滂沱，是天氣巧合還是星辰悲殞落？我說都不，而是為她壯大去行色！

別了，韋妮！一路順風。

《香港作家》2006 年 8 月

鑪峰雅集半世紀

二十世紀五十年代初，國內解放不久，二戰後南來香港避國民黨政權迫害的文化人，紛紛北上參加新政府工作。號稱自由文人則南下斯地，香港文化界開始分為左右兩個陣營。政治、文化上沒有共同語言，彼此對立明顯。戰後曾在國統區生活的人，曾受貪污腐化官僚統治之苦，加之金融動盪，有良知的人都渴望有自由、民主、公義的社會，新中國標榜實現新民主主義，組織聯合政府，實行無人剝削人的制度，所以得到許多人認同。年青一代，閱讀過「五四」後的中國新文學或舊俄如高爾基的作品，它們反映社會現實，人生疾苦，令人有深切的感受。作家們筆下嫉惡如仇，關懷民生，捍衛公義，嚮往光明的高尚情操，深深影響年青人的心。作家們發出愛國熱情，追求真理的熱情，同情被壓迫的人，想拿起筆桿繼承前輩關心民間困苦，練習寫作，反映現實，鞭撻強權，揭露黑暗，讚頌光明。當年有一班分別來自出版、新聞、教育、電影界工作的年青人，常在報上發表文章，反映香港社會各個角落，在殖民統治下，一幅幅血淚現實，通過文字進行吶喚、呼號，以達到震聾啟啞的目的。

物以類聚，他們除了在報上閱讀作品，還搞通訊聯絡見面，相約品茗，結伴郊遊聯誼。大家有共同語言談文説藝，增進友誼。

1959年春，有人提議趁新春、搞一次聚餐團拜，省去賀咭。由羅琅、海辛、李陽、黃夏、譚秀牧倡議，獲吳其敏、藍真、何達、鄭樹堅等長輩支持，便由在電影界工作的海辛和黃夏借得九龍德成街影聯俱樂部舉行首次新春聯歡。

當晚除上述各人外，出席者還有秦西寧（舒巷城）等數十人，觥籌交錯之餘，還有秦西寧清唱粵曲、何達等朗誦詩歌、麥秋適拉二胡及唱歌助興，氣氛很熱烈，大家盡興而歸。這可以説是鑪峰雅集的歷史起點。

往後又組織旅行流浮山品嘗當地名產肥蠔。這時又有新人如張君默等加入。後借張欽燦、黃辛的住處作為落腳點，到鋼線灣沙灘燒烤游泳。人數越來越多，再有王方、李繼天、卓琳清等等加入，陣容壯大。

他們平時見面，是星期天固定的茶局，幾十年風雨無阻，從西區的廣州酒家、金陵酒家，到上環的銀龍酒家、大金龍、月宮，灣仔的新光，北角的敦煌、鳳城、新都會……用饒宗頤博士的説法是，「食倒了許多家茶樓」。每週茶局維持至今五十年不變，可以說是香港文化活動的一個記錄。幾位主持人現雖已古稀，還精神健壯，不離不棄維持下來，頗為難得。

出版青年創作集

六十年代初，香港中國通訊社社長張千帆先生熱心組織出版香港作家作品合集，每集都是五至六人，每人選幾篇文章結集。先後出版有《新雨集》、《綠窗集》、《紅豆集》……等，參加者是文壇知名作家，如：羅孚、高旅、洪膺、夏炎冰、張千帆、夏果、吳其敏、黃蒙田、葉靈鳳、若望、阮朗、侶倫……等等。後來又請吳其敏組織每人一篇的《五十人集》、《五十又集》。這兩集組稿範圍擴及年青一代，可以說包括老中青，內容有詩、書、畫、評論、散文、小品、小說、掌故等類似雜誌。大度 32 開本，假精裝，出版後頗受歡迎。但純青年的作品合集則沒有。有一次，羅琅同藍真、歐陽乃霑、陳球安等同去湛江參觀，在旅途中提議出版青年作品集，大家極表贊成，剛好陳琪先生的書店成立不久，他們早期以出版文藝書籍為主。蒙藍真先生徵得萬里書店同意為他們出版短篇小說、散文、詩歌三本青年創作集。

先由李陽、海辛兩人進行組稿，並由陳琪和羅琅敦請吳其敏主編複選。當時李陽負責的《茶點》雜誌、吳其敏的《鄉土》雜誌又停刊，兩人合作編輯《新語》半月刊，社址設立在中環機利文新街一幢木樓三樓，彼此工作地方咫尺之遙，他們時時相約到永吉街陸羽茶室三樓品茗，談稿件要求和交收。

最先集好的稿子是短篇小說創作集：《市聲、淚影、微笑》。入選作品二十三篇，作者有秦西寧（舒巷城）、黎文（伍國才）、甘莎（張君默）、鄭辛雄（海辛）、寧珠（林愛蓮）、麥秋適、呂達（李陽）、徐亮（鄧仲燊）、黃夏（黃瑞夏）、牛琦（歐陽芃）、韋凡（楊祖坤）、沈思（鄧仲文）、谷旭（林真）、藝莎（譚秀牧）、黃辛等。書於 1961 年底出版，吳其敏在《後記》中說：

> ……我非常喜愛青年朋友們的作品，特別是好些對當前廣闊的現實生活有較多體驗閱歷的青年人，他們用質樸的、真實的表現方法來描寫他們所見所聞、所感所愛，常叫我看到他們一顆赤熱的心，躍然於紙上。他們有時也許僅僅是一個悲天憫人的旁觀者，有時則是以作者身份，憤慨激昂地站出來作了不容忽視的控訴。總之通過他們正直的筆鋒，往往有意無意地在我們眼前展開了現實社會一隅中一幅淚血淋漓的圖畫。

這一冊短篇小説集，最基本、也最共通的一點精神，正保持了上述所提到的那麼一種可愛。

這班作者中除秦西寧寫作歷史較早，其他大多是同期的文藝青年，文學水平也頗不一致，吳先生出於愛心和鼓勵指出：「當然，我們不能對每位青年，都用太高尺度來衡量他們的作品，假如有人讀了這本書，要在所有的作品中定出甚麼高低評價，那麼，我必須說：你只能從他們的作品的表現方法和寫作技巧找出也許不是完全沒有粗細深淺之分，卻不能否定他們後來寫作那份向上向善的精神以及作品企圖表現某些東西的熱心熱腸，是一律「鐵價不二」、「童叟無欺」的。」

從評説可看出他對年青人的鼓勵和扶持，但也指出寫作方法技巧有粗細深淺的欠缺和弱點。

詩人何達於 1962 年 2 月份在《南洋文藝》論壇用蕭鳴筆名評論這本短篇小説集是「唯一的希望、偉大的起點」。這裏指的唯一希望是有半數作品提倡互助精神，作者眼見在無邊黑暗中，所感受到的陰鬱與痛苦的血淋淋現實以及淚影的關懷。

1962 年春天，青年散文創作集：《海歌．夜語．情思》出版。作者有舒巷城、呂達、谷旭、韋凡、鄭辛雄、陸如藍（陳琪）、羅漫（羅琅）、藝莎、甘莎、秋適、寧珠、黃夏、田咩（放揚）、沈思、何達、柯遼莎（王方）、思敏（李祖澤）、昌文等 37 篇作品。舒巷城 1950 年 4 月寫的著名美文〈鯉魚門的霧〉就收在集中，曾三四次被人抄去參加散文獎得獎（大多為初學者所為）。

吳其敏先生在〈後記〉中說：「這本集子展示的，正是我們目前所處環境下面的一些生活橫斷面。眾生相裏，正好兼備着鹹甜甘酸苦辣的許多味道，甚至可以說是苦味相當多。」

鑪峰這班朋友，來自社會各個底層角落，本身就備盡酸澀苦辣，從作品的描寫，反映出他們寫作的志趣和目的，以自身的經歷所愛、憧憬、希望，追求光明的理想。

詩歌因為稿子的拖延，結果印不成，十分可惜。

上兩個集子，十七年後再版，那已是文革後，陳琪（陸如藍）在再版〈序〉中說：「十七年，當年的少年兒童成長了，是今天的青年了。讓他們讀讀這些作品，讓他們看看香港六十年代的青年們在文藝這塊土地上是怎麼開墾耕耘，不會是沒有用處的」。並說吳其敏先生「……赤誠扶持後人的精神的人，始終是受人敬重的」。

當時曾敏之先生從穗來港，在文匯報主持副刊，他讀了這兩本集子，撰文稱是對尊嚴的追求，還讚揚說：「翻開這些作品就不禁泛起可佩的感情。想想看看香港是國際冒險家的樂園，是紙醉金迷的洋場都市，一切都圍繞着金錢勢力轉移，銅臭熏天，荒淫匝地，能潔身自好已不易，何況還用筆，用微弱的文藝聲音來反映現實，做個文藝拓荒的有心人。單是這一點純潔的感情貫注於文章之中，就不能不令人感佩了。」

文叢文藝與藝展

八十年代初，張君默自選的短篇小說，交給羅琅的宏圖圖書公司出版，首用鑪峰文藝叢書，希望能陸續一本一本印下去。可惜當時出版界集中在出版高考參考書，及學英語實用書，文藝書被擱置忽略，其實銷路也欠佳，所以無以為繼。

後來高旅、羅琅、海辛、譚秀牧應天地圖書公司之邀，給天地出版四本書，即高旅的《過年的心路》、羅琅的《羅隼短調》、海辛的《塘西三代名花》及續集《花族留痕》、譚秀牧的《譚秀牧散文小說集》。那時剛在八九年六四之後，有些文章表達對鎮壓學生的憤慨和同情，從高旅《過年的心路》的封面在陰霾天空下、地上點點血痕，表現出有良知的知識分子的內心痛苦和憤慨。海辛的長篇小說則很快再版，連寸土尺金的啟德機場禮品店也有陳列販賣，香港作家聯會還舉行座談會討論，深受好評。

1995年香港藝術發展局成立，新猷有資助香港作家作品出版措施。鑪峰雅集正式向香港警察局註冊為不牟利社團，並向藝展局申請出版《鑪峰文叢》兩輯，獲得資助。

第一輯：《高旅雜文》、《羅隼選集》、《黃蒙田散文集回憶篇》、《看霧的季節》（譚秀牧著）、《戴臉譜的香港人》（海辛著）。

第二輯：《絲韋隨筆》（羅孚著）、《香港五十秋》（吳羊璧著）、《夜闌瑣記》（舒巷城著）、《聚散依依》（張君默著）、《覆瓿小集》（楊柳風著）、《黃蒙田序跋集》。

兩輯叢書出版後續申請第三輯，想為翁靈文先生、黃慶雲女士、謝雨凝女士、金依（歐陽乃霑配畫）、李陽先生等人出版作品集，藝展局否決申請，說經費不足，信中叫作者自己另行申請。他們曾進行上訴，但不成功。結果想為香港老輩著名作家繼續提供出版有份量作品，卻被扼殺了。

但會長羅琅對香港老作家的作品出版，還是不遺餘力，為《廖一原小説集》《黃新波油畫》、黃承燊（黃繩）遺作、吳康民遊記等的出版和介紹大力協助。

2000年鑪峰組織編委會，向藝展局申請出版《鑪峰文藝》月刊，獲得資助一年，結果只給五期費用，無端少了一期，不知當事人將減了一期的經費作何用？《鑪峰文藝》的宗旨是：立足香港，與全港作家及文藝愛好者，為推動香港文化藝術發展而努力，邀得文化界饒宗頤、鄭家鎮、羅孚、梁羽生、藍真、吳康民、盧瑋鑾、也斯、蕭滋、慕容羽軍，陳松齡、吳羊璧、張初、張君默為顧問。

第五期出版後，申請續期，又被偏見的審批員否決而停刊，實在可惜和可嘆。

鑪峰的朋友，有多位既是作家，同時也是畫家，他們於 1999 年 3 月 19 日至 25 日，趁着兔年新春，於香港中環三聯書店展覽廳舉行「鑪峰雅集四十年藝展」，紀念鑪峰四十週年，展出書畫、手稿、出版物……等。參加者有：羅孚、羅琅、海辛、黃蒙田、吳羊璧、高旅、甘豐穗、杜漸、金依、王方、林翠芬、李陽、郭魂、譚秀牧、謝雨凝、黃文湘、杜臨風、黃伯平、春華、譚帝森 21 人的作品。

還有鄭家鎮、歐陽乃霑、陳迹、謝孟林、蕭滋、潘淑珍、司徒慶、卓琳清、張茅等人的國畫、水彩、速寫等，獲得眾多文化界人士光臨指導和好評，並致送花籃祝賀。

鑪峰雅集半世紀

歲月匆匆，如白駒過隙，鑪峰雅集雖給人指為平時比較鬆散，但本着君子之交淡如水，他們堅持寫作，以文會友，旨在為共同信念而凝聚在一起。過去五十多年來，每年新春舉行聯歡，聚集在一起。如稍遲舉行，就有人打電話詢問日期，以便推去其他應酬來參加，暢敘友情。

作家阿濃參加鑪峰新春團拜聚餐後，曾在《明報》專欄上寫道：「在香港不曾有作聯、作協之類作家組織之前已經有一作家聚會，名為〈鑪峰文藝雅集〉，多在新春舉行……。

這雅集我是聞名已久，卻不曾有緣參加，今年（1991年）有幸第一次成座上客。」

這雅集一年只舉行一次，有幾位主事人發出邀請通知，屆時出席付款便是，簡單而自由，很合寫作人（像我這樣的）胃口。比之某些要穿「踢死兔」才能參加的文化人聚會，這雅集更有舒適自然的氣氛，因為你可以穿西裝，也可以穿牛仔褲到會。

鑪峰雅集從起點之日起，長達五、六十多年，未曾向有關當局註冊為社團，可以說形實無形，有活動卻無組織，實際是一年又一年，除每年舉行春茗文酒之會外，其餘每週茶聚，自由參加，暢敘友情，大家談文論藝，交流心得，報道新作，月旦世事，切磋學問。匆匆歲月中，多位老友如高旅、何達、蕭銅、蘇辛群、麥秋適、舒巷城、翁靈文、陳跡、卓琳清、鄭家鎮、劉琦、尹沛鈴、盧敦、黃繼持、王水、何紫、郭全本、張文達、顧鴻、吳其敏……等都已作古人，幾位主持人已達古稀之年，希望他們能堅持到金禧之年，為香港文化界作一個長命社團的紀錄。自然，香港也有過百年的社團如南北行公所……等。鑪峰只是小輩，但在文化界，它卻是歷史最悠久的文化團體。

鑪峰朋友，許多經多年生活磨煉，在文化事業上都取得一定成績，擔當高位，且是實至名歸的重任。當年的小伙子，現在已白髮蒼蒼，在文化領域，在多方面發展中各有成就和影響力，重要的是他們對香港的文化大廈基礎起過磚石的作用。他們憑着對文化的熱誠，不爭名、不謀利、不伸手、不求賜，只憑自己的力量有多少熱就發多少光，也不為了接受廣告受益而去拍馬擦鞋，更不會失去曾敏之前輩所說的「感佩加勉，對尊嚴的追求」。

這亦是鑪峰雅集在芸芸文化社團中可貴的特點。

《香江文壇》第 36 期

陸羽茶室的文化味

陸羽茶室搬去了士丹利街後，我就少去飲茶，因為不順路，有時坐小巴士經過，常是匆匆一瞥而過。鑪峰雅集同人，每年新春聯歡倒還有多次在那裏舉行。文化人的聚會，談文説藝，志在敘舊會友。陸羽的裝修和擺設古色古香，雅潔安靜，明窗淨几，四壁掛的是名家真跡書畫，幾位經營書畫朋友，曾私下估價，説所值不菲。陸羽看門口者是包頭的印度人。純男性的茶博士潔白制服，提着擦得發亮的銅水壺，開茶時介甌盛着茶葉，茶杯放在洗杯小缸內，先沖上滾水，燙洗杯筷，提高水壺把滾水沖進介甌，倒去頭水，再沖水蓋上，焗出茶味倒入杯，茶香撲鼻這就是水滾茶靚，因此取價也比一般的貴。

不止水滾茶靚，點心隨叫隨做，鹹甜美點小巧精美，小菜鑊氣足。我們在這裏辦宴會，通常摒棄傳統菜單上例牌貨色，叫他們用老火靚湯和家鄉小炒，來參加的人都食得很滿意。

它夜市酒席不及日間茶市旺，只有熟客在那裏，雀局則不見多。

有些老主顧數十年如一日，從永吉街到士丹利街，從健步如飛的青壯年，到需要拄手杖還要人扶，也要到那裏飲杯茶，吃一兩件美點。樓下、二樓兩邊有卡位，中間是小桌。夏天靠幾把吊扇，不快不慢地轉動，到有了冷氣機才被淘汰。在永吉街時，還有小騎樓，也設有桌子。有了冷氣機，騎樓自然要封閉。使人覺得與街上熙來攘往的遊客、行人隔開了，缺少點情趣。士丹利街則沒有永吉街的景觀，有的是小巴經過的聲浪。

香港商業中心，以中央街市為界，往東是西人的洋行，往西是傳統華人辦莊各行各業集中地：金銀貿易場、南北行等。這區又有高陞戲院、中央戲院，常演出粵劇，大老倌常在附近上落，許多人飲茶都幫襯陸羽。

香港戰後的第一部粵語電影《郎歸晚》改編自吳其敏先生的小說《怕見相思路》，面世後深受歡迎，後來電影公司請吳先生編寫劇本。他常租住新光酒店（即現在西港城對面的啟德大廈故址）作為寫作地方，與吳楚帆等人常到陸羽飲茶談劇本細節。後來吳其敏轉入出版界編《新語》綜合雜誌，地址在機利文街一棟舊樓三樓，中午常約我和李陽等作者和助手到那裏交稿、收稿費。陸羽又是他午飯落腳的地方。

六十年代香港股票市場興旺，陸羽多了許多股市中人到那裏飲茶。電影界中人因片場在九龍，也有人轉移陣地。新的顧客加進來，不少是新富大闊佬，出手疏爽。

五、六十年代永吉街、利源東西街附近設有多家報館，而分銷報紙的發行代理商，也都在這幾條街上。尤其是晚報的作者編者，也常去陸羽。夜班的下班後，則常去永樂街的「清華閣」。陸羽的茶客比較高檔，進出通常是報館負責人和老總。大報如《華僑日報》、《工商日報》、《新生晚報》、《大公報》、《文匯報》、《香港商報》，小報和娛樂報如《超然報》、《自然日報》、《香港時報》、《上海日報》、《真欄日報》……等。有這麼多文化人在那裏進出，會客飲宴，匯聚了許多文化人。有些書畫家因在那裏飲宴雅集，因此惠贈書畫補壁。這些人隨着歲月名氣大了，書畫價自然也高了起來，又為陸羽茶室增加了點文化氣味。

自然，若陸羽茶室不能一貫地保持着出品的水準，相信即使能風光一時，也必為時代所淘汰。港英時代多位港督請客，也常選在那裏舉行，好讓客人品味中國風格的美食文化，可見其知名度和水準。

幾年前畫家黃永玉在大會堂開了一個個人畫展，有兩幅以陸羽茶室為背景的速寫，很是精美有氣魄，我特別喜歡。這類記錄香港風物和文化的佳作，不知香港藝術館有否購藏？若果沒有，那真走寶了。也許有日，這些畫將使人知道陸羽茶室的風光。

原作2003年1月5日發表於報紙，後收入《香港文學記憶》

六十年代的香港兒童讀物

1949年中國大陸解放，在香港的一些文化人紛紛北上，投身建設新中國，戰後在香港出版《新兒童》影響甚大的「雲姊姊」黃慶雲女士，也結束了香港的出版回到廣州去工作，除她存留了《新兒童》等多本兒童讀物外，香港雖然也有一些兒童書，但都是來自國內，或者在解放前就南來香港，如上海兒童書局張可人等人，把在上海出版過的作品帶港翻印。另外有一些以翻版找生活的，則為賺錢，也看準市場需要，把兒童少年讀物進行翻印，如匯通書局翻印的中國民間故事、世界民間故事等。翻印書不只可供香港青少年閱讀，而東南亞也是大市場，因為東南亞的僑校學生也需要這些兒童精神食糧。翻版的兒童書，自然不求質量，只要覺得這本書內容不帶政治色彩，入口無問題，就拿去製電版印刷。

當時大陸也有兒童書運來香港，但解放後出版的兒童書，大部份取材蘇聯以及東歐的民間故事，大都是經過篩汰，內容充滿馬列主義思想，因此少不免有地主與農奴的鬥爭，揭露剝削等，以配合宣傳階級鬥爭需要。即使是民間故事，介紹內容時也要説明哪些是符合政策和唯物主義觀點的。至於中國本身的兒童文藝創作，就更不用説了，一是提倡愛國主義、民族主義；二是貫徹階級鬥爭；三是歌頌解放後的大陸是人間天堂，海外港澳則是待解放的地獄。

國內運港的圖書不必經過檢查，但東南亞各國，自東南亞公約國成立反共陣線後，對於大陸的出版物，有的嚴禁入口。有的雖不明令禁止，卻一定要經過檢查，認為內容無問題的才可以入口，因此東南亞眾多華僑子弟極度缺少中文的兒童讀物，當地的圖書，一向經香港進口，台灣那時出版業還不成氣候。

香港變成唯一供應的地方，大陸出版的兒童圖書，為配合國內政策，不顧海外環境，自然不受海外當政者歡迎。香港方面當時的教育界，因為接受不了國內的政策，許多南來的知識界，在香港不派用場，去做教師是唯一出路，當局也盡量在防止赤化，軟硬兼施不讓左傾思想的讀物進入校園。例如：中國解放後，行政區有改變，也有許多新建設，但學校用的地圖，還是戰後輿地社出版的舊圖，中國首都依然在南京；武漢三鎮建了長江大橋，書上依然成為天塹。課本也是舊的，因此當時一套為東南亞在香港上海書局編印的「現代小學課本」，雖然不全為香港接受，但內容較新，在無課本可用情況下，他們只好求其次，用為教本。因為國內的課本舊的太舊，也不再印行供應；新的太新，非殖民地當局所能接受。後來才有另一家出版社，依現代課本再改編另一套版本，這就是後來「文化出版社」出的那一套，彼此爭奪市場。

兒童書屬課外讀物，大多是打游擊式的印一兩本到十多本的，而正正式式大量出版的還是一片空白，不過期刊性質的兒童讀物，當時終於出現了。

最先是中華書局由李青先生負責的《小朋友》。《小朋友》是月刊，36 開本，內文以圖為主，適合小學程度學生，是綜合性的兒童讀物，文字簡潔，圖文並茂，彩色印刷。這本期刊在東南亞銷路比在香港為多，雖然版權並無署明是中華書局出版，但香港有些人知道它同左派有關，影響了銷路。

友聯出版社，由羅冠樵先生編印《兒童樂園》，28 開本近方形，內容與《小朋友》差不多。據說，《兒童樂園》在香港的銷路比《小朋友》佳，但在星馬則比《小朋友》少。

新加坡的周星衢先生在港的辦莊正興公司成立「世界出版社」，由陳衛中先生負責業務，出版了《世界兒童》，世界出版社在星馬有一間世界書局、大眾書局等書店聯網，遍及新加坡、吉隆坡、印尼。《世界兒童》開本同《兒童樂園》一樣，也用彩色印刷，因有自己廣大的發行網，銷路在東南亞為多，後來也在港發行。

這三本兒童期刊成三國鼎立之勢，一直出版了很長的時間，所以現在許多人都說，他們在小學時期是這三本書的忠實讀者。

這些兒童期刊，每期都有民間故事、成語故事、歷史人物、發明故事、詩歌、笑話、科學……等。他們每期刊出的文字、圖片，有連續性或同一類型的，待過了一段時期，就剔除時間性強的內容，編集成為單行本。單行本又分高、中、低級別，高年級的以文字為主，兼有插圖；中年級的，文字較淺顯，圖文並茂，有些還是彩色或部份彩色印刷；低年級的以圖為主，可以不必通過文字，就可看圖知義。

雜誌上用過的稿件，往往可以一稿兩用減輕成本，又可以久藏。上述的三種兒童期刊出版的時間頗長，從五十年代維持到八九十年代，所以好些港人在回憶童年的文章，往往都提及他們的童年歲月是在這些讀物陪伴中成長。三種兒童刊物，出版人雖然各有背景，但在童話方面倒少有涉及爭論不同見解，就算有心人想透露及推銷理念，也總是隱隱晦晦，怕的是一經道破，影響銷路。左派的不想給人左的面目，右派的也不肯以傾向示人，至於僑辦的，採取中立，兩邊討好，又兩邊不得罪。兒童刊物需要圖文並茂，彩色繽紛，才能吸引兒童，因此製作成本也高，如果銷量不多，就極難維持，所以為了能維持，雖然內容有講大道理、小道理，卻避談眼前意識形態、政治理想等有爭議性的問題。

香港當年出版了《小朋友》、《兒童樂園〉、《世界兒童》供本港及海外兒童閱讀，只屬小學中年級及低年級程度而已。

上海書局1950年起發行教科書，賺了錢，自己本身又有新加坡、吉隆坡、耶加達、曼谷、西貢、仰光等地代理課本聯號的龐大發行網，於是，1952年成立了編輯部，由趙克先生為總編輯，並徵得文化界的朋友協助，這些人包括莊立度、廖一原、陸無涯……出版定期兒童月刊，以青少年為對象，定名為《少年文叢》，以文字為主，每期封面貼上一張彩色圖片，以少年活動健康形象出現。在當時的條件，印彩色圖像不是直接印在內文，而是另外印好後，再貼在書頁上或封面上。當時黃蒙田的《新中華畫報》，每期介紹中國歷代名畫，就採用這辦法。當時印柯色彩圖價錢貴，另行印刷可以減輕印工成本，而印彩圖又得用粉紙，但雜誌通常只用白報紙或是書紙，故此，用這辦法即使裝幀時要人工貼上，因為當年工資便宜，還是比印工和紙價划算。

《少年文叢》內容有山川景物、科學知識、生活修養、文娛康樂、文藝創作、歷史故事等。

《少年文叢》以報刊形式定期出版，這形式可避免向華民政務司註冊時交一大筆按金或請兩位太平紳士擔保，同時也可以長期售賣，不像期刊過期便無人問津。叢書是個總名，每期另有一個名稱，所以是近乎期刊又不完全是。是，因定期出版；不是，則每冊不同書名，內容的時間性不強。

《少年文叢》出版了三四年便停刊，後來還把六期用紙盒套成一輯，一共有六七輯之多。

當年有幾位寫少年兒童故事的人，為幾家出版兒童書的出版社寫稿、編輯圖書。在麗的呼聲有線廣播講故事的劉惠瓊以「劉姐姐講故事」吸引許多學生聽眾。她講過的故事寫成薄薄的小冊子，上海書局就印過好幾本，像《巨人的花園》、《三隻小豬》等，此外麥秋也寫過不少童話，畫家曹平亦用筆名寫童話故事，還自己畫插圖。

上海書局成立出版部，主要動機就是以出版兒童書為主，因此除編印《少年文叢》外，第一套出版物就是現代兒童叢書，這套兒童讀物有的是編寫，有的是舊書經整理後重排，有的是從大部書改寫，如一本《美猴王》，是李怡初出道時，根據《西遊記》改寫的故事。關朝翔醫生未正式掛牌做醫生前，也將人體生理寫成淺顯有趣的少年兒童讀物《一個葫蘆七個孔》，此外，海辛、朱昌文等人也曾撰述或翻譯兒童讀物。有一本蘇聯的小說，有人節改其中一段講主人翁童年故事，取名《早春》。後來這些書依程度、內容又歸類為《兒童文藝叢書》、《世界著名童話叢書》、《格林姆童話》、《安徒生童話》……等。

六十年代，上海書局定下一個龐大的出版計劃，要出版兒童文庫一千本，分高年級、中年級、低年級、幼稚園，內容包羅萬有，他們投入龐大的人力、物力，在不太長時間內完成計劃，一度因為集中投資這樣大計劃，搞得經濟周轉困難。好在他們當年底子厚，又有海外股東大力支持，終於完成了一千本的計劃，用彩色紙盒分裝，每盒約兩吋厚，再訂造鋼櫃一個放置。這在當時來説是破天荒，在香港出版兒童書的歷史上，至今還未有人打破這項紀錄。因為一千本書卷帙浩繁，雖然是兒童書，要再版需投入相當大的資金，因此自《現代兒童文庫》出版後，三十多年來，並未再版過。造成這局面，除了老一輩的人已逝世外，存者也垂垂老矣。再因為家族生意，第一代合作、第二代分裂、第三代沒落，即所謂富不過三代的覆轍，年青人未知過往，也無魄力創見，可能連紙型也散失了。

《現代兒童文庫》是陸續出版，先散本發行，到了全書出齊才裝成套，因承印的印刷廠不止一家，因此質量未能十分完美，但基本規劃面貌還是統一的。這麼大的工程，完成之後即又成了絕響，實在是一樁可惜和可嘆的事。《現代兒童文庫》高年級、中年級、低年級各三百本，幼稚班一百本，套成七十五個紙盒，放進特製玻璃門鋼櫃，當時售價七百四十元，若以今天計起碼售價要以萬計。我曾從事此項工程的發行策劃，如今不繼，更是感到十分遺憾的事。主編趙克兄有份參加此工程的編輯，其他如李怡、林愛蓮、歐陽乃霑、陳松齡……等人也參加工作。

至於上海書局這個五六十年代以出版兒童書著名的大店，由於出版減少，人事凋零，漸漸在香港被人遺忘了。從這個「少林寺」出來的人，反而各有所成，經營圖書的規模也大大超過「少林寺」，此正是青出於藍而勝於藍的樣板。

五六十年代香港青少年兒童讀物出版社，除了上海書局外，另一間由華僑資本經營的世界出版社，也出版不少兒童讀物。不過世界出版社出版似沒有上海書局的計劃周詳，若論人材也不及前者，但勝在財力雄厚，同時他們對選題並不太嚴格，總之覺得甚麼好銷就出版甚麼，許多初學寫作的青年朋友，都被約去編寫兒童故事，這種編寫每本限定一個價錢，稿費自然不會太高，這些出版物後來也結集成套。兒童書一般都較薄，定價便宜，五六十年代有的定價幾角一元，書店不大願意售賣這類小冊子，也不會讓出書枱陳列，故改為十本套成一盒，一則價錢高，二則書容易被看到；再者若學校圖書館購買，不必逐本書開列發票。這種推銷方法，最先還是我想出來，大家見有成效，紛紛跟風，甚至不作單本發行，而以五本或十本配成一套。紙盒用手工製作，好在那時人工便宜，後來為了減輕成本，用透明塑膠熱壓原料作為書套，這樣可減一點成本。世界出版社出版的兒童書通常用「世界」行頭，上海書局則用「現代」行頭。

匣裝或套裝的方法，其實早已有之，只是當時出版薄本書者，本無甚計劃，後來因為薄薄一本放在書架上，想找不易，攞書枱不化算，而我們為了推銷，想出這樣辦法，想買者就是要買一套，內有五本或十本，再加外有一個彩色盒子，作為送禮，意義深重，大方得體。本為促銷，後來卻成為出兒童書的發行手段，書店也歡迎。

除以上兩大僑資出版社大量編印少年兒童讀物外，中華書局編印「中華文庫」，他們大多在國內約稿，但進行的速度極慢，好多年才出版一兩百種書，且字多於圖，以知識性、歷史性介紹為多，文藝創作很少，屬於類書性質的讀物，封面設計千篇一律，頂多是每本顏色不同，這是方便將來成套，有統一的觀瞻。不過，兒童心理大多喜歡色彩豐富，不同圖案，才受歡迎。老一套的出版人，大多陳陳相因，卻不考慮兒童心理。後來一些出版家理解售賣需要知道顧客心理，才注意封面裝飾和包裝。

在學生書店工作的劉緯民離開原工作單位，成立育英書局，試圖以新形式出版兒童讀物，封面七彩，內文也印彩色，選用靚紙，的確美奐美侖，出了好些有份量的兒童書，但因為成本高，開支大，回籠慢，處於虧蝕狀態。後來把已出版的東西，轉讓給中流出版社，這個出版社也出版過安徒生童話，他們接手後繼續用育英書局名義印行。

當時藝美圖書公司也出了不少兒童書，但質量不很高，內容往往以舊翻新，因為出版物中兒童書銷量比較多，少涉及政治，讀者群又是學生，而市面上並沒有整本的漫畫書，漫畫多依附於報紙上，或是兒童期刊，期刊要每月或半月才出版一次，小孩子幾個鐘頭就看完，因此學校多數鼓勵學生看些世界著名兒童故事。市面上有小本連環圖租賃，但這種形式的圖畫，無論內容好壞，學生不能帶返學校。有的出版社把傳統連環圖兩頁上下貼作一頁，成 36 開本書的形式，像現在的漫畫書一樣，《紅樓夢》、《西遊記》、《三國演義》、《西漢演義》等這些中國古典名著或歷史演義，學校圖書館開始接受。

這是中國古典名著通過圖畫灌輸給青少年的辦法，不只中國文藝小説用此辦法，外國的作品如希臘的故事、俄羅斯的故事、英國的故事。還有一些專為兒童而寫、但要靠父母講解的，因兒童所識的字彙不多，有些根本看不懂文字。連環圖像早期的拉洋片，他們就容易理解。

後來台灣出版一種取材日本譯成中文的兒童文學讀物，

16 開本，在香港印刷，由吳興記發行。日本的連環圖，不同中國固定框框格式，而是有大圖有小圖，也有長圖短圖，這樣，人物可以誇張細寫。少女的造型是大大的眼睛，很受兒童歡迎。

五六十年代，除了上述幾家專門出版兒童讀物外，日新書店、中流出版社、大光出版社、信成圖書公司、南洋圖書公司、學林書店、藝美圖書公司，還有後來的新雅七彩畫片公司等，也出版兒童書。新雅的出現，使兒童書進入新的階段。他們以出版繪圖成語故事、歷史人物故事、謎語故事、世界名人故事為主，聘請專人編寫文字稿，再由畫家繪圖，這時香港的兒童讀物已由翻印而進入高質量的出版。

五十年代至六十年代，許多寫兒童故事的作者，大多用筆名，其中較為人知的作者有劉惠瓊、巴丁、吳凡、寧珠、海辛、昌文、劉琦等，老詩人柳木下則編譯外國一些知識小品，如鳥雀生活等，但數量不多。

我自己沒有寫過兒童讀物，但曾為新雅出版的連環圖改編文字稿《西遊記》、《楊家將》、《羅家將》、《少林英雄傳》等，李陽則有《呂四娘》、《古代名女人》、《狄青》等。《楊家將》、《西遊記》大陸每種都出有幾冊，《西遊記》中如大鬧天宮、花果山，目的只要孫猴反叛的一面的選題，我則依原來故事補充約三十冊以湊集大陸已出的完成全部《西遊記》。《楊家將》也是如此，但《楊家將》演義故事較單純，許多還是取自戲曲以及民間故事。《羅家將》則取自粉妝樓故事，本來還準備改編《封神演義》，決定刪除神怪迷信，重在個反字，因此黃飛虎反五關已列入了，可惜文革一來，只好無聲無息結束。

1996 年 1 月

刊於《香江兒夢話百年》

武俠小説興起的記憶

上世紀五十年代，香港太極拳吳公儀與武術界陳克夫兩位高手，曾在澳門舉行一場武術比賽，太極以柔克剛，武術則以攻防守制敵。比賽開始，過手不上三四回合，吳公儀一拳打中陳克夫鼻孔，血流披面，比賽叫停，剛不敵柔，給人印象是吳公儀取勝。成為港澳茶餘飯後談助，報紙詳盡報道，從而興起一陣學太極拳熱潮。前此，《香港商報》創刊時，老總李沙威叫高旅為他們寫一篇武俠小説以吸引讀者。早前高旅曾寫過一本《氣功練習法》，他年青時也讀過舊武俠小説如《七劍十三俠》、《蜀山劍俠》等消閒作品。關於寫作取材，我曾問高旅，他説：當時他看到報上娛樂廣告新馬師曾演出「山東響馬」，便對李沙威説，就寫《山東響馬傳》吧，這題材自然有武林恩怨、拳來拳往，因此就用牟松庭為筆名寫《山東響馬傳》，逐日在報上連載。因為寫法較新，讀者反應不錯。讀過高旅作品的人都知道高旅文字風格欠缺浪漫，雖然題材略新，但橋段還是很傳統的。不久《新晚報》

羅孚因吳陳比武得到啟發，就叫陳文統用梁羽生筆名寫《龍虎鬥京華》，查良鏞用金庸筆名寫《書劍恩仇錄》，在《新晚報》上連載。他們從不同內容和角度寫作武俠小說，並借鑑外國小說《牛虻》、《基度山恩仇記》、《三劍俠》的寫作技巧，寫中國故事，既有武打拳來劍往，又有浪漫愛情，江湖恩仇，爭奪秘笈，除暴安良等等，給讀者一種新的消閒的成年人童話，一時各報競相推出武俠小說以爭取讀者。許多作者也寫起這類小說來，如已故的顧鴻兄，他本來出版《自學》雜誌及修養讀物。他為人慷慨，為朋友墊款印書，搞得債務纏身，結束出版社到《華僑日報》打工，利用公餘也用江一明寫《珠海騰龍》武俠小說，直至還清債務。其後寫這類小說出名的還有高峰、黃眉兒（吳羊璧）、百劍堂主（陳凡）。但當年眾多的武俠作品中，能成為大家的只有金庸、梁羽生，雙劍風靡海內外，尤以金庸的作品，更被捧成經典，被內地的文評家把他與魯迅、茅盾等並列，這自然是見仁見智，觀點不同，見解各異。

至於說香港武俠小說之興起帶動海外閱讀熱潮，名家輩出，有三位名家最值得一提。如今大家只說金庸、梁羽生，而牟松庭似乎再無人提起，我想這也許他的武俠小說，寫法不同，吸引力不夠，雖稱新派武俠，卻雖新仍舊，後來他擲筆改寫歷史小說，但若論武俠小說最早作者除金庸、梁羽生外，不可不提牟松庭（高旅），因為那是事實也。一稿多用，分秒必爭的金庸、梁羽生的武俠小說被人稱為「雙劍」，這兩人都曾是《大公報》的同事，但還有一位百劍堂主陳凡也撰寫過武俠小說，他們還共同寫過一個專欄叫「三劍堂隨筆」，後來還印成單行本。金梁的武俠小說不止香港澳門讀者喜歡看，東南亞、歐美的華僑也愛不釋手。

1949年新中國成立，文化政策改變，過去供應海外華僑消閒的通俗讀物，不再供應，老華僑一般文化水平不高，下一代接受當地教育，中文水平也不高，他們每天一有空閒，想輕鬆一下，報紙上的武俠小說可說是他們的精神食糧，每天必讀。海外報紙都常轉載香港報刊的文章，香港就有人專為他們做剪報工作，著名老作家如高貞伯先生就曾受南洋方面所出版的報紙委託做剪報工作，每天用航空寄出，這類剪稿有時因航程遲誤，先到的一早見報，遲到的就變成明日黃花，那些大報實行要作者一稿幾用，他們付稿費，並訂立合約，當時還沒有影印機，也沒有電傳，一稿數用除叫人抄寫外，最便當就是夾上複寫紙寫，一般可寫四五份，字跡還可辨認。雖說是剪稿、抄稿，還是原稿複寫，寄遞工作分秒必爭，趕航期寄出或交給機上工作人員代遞，這樣一來幾位名家便一稿可收多份稿費，不少人辦報幾乎是靠一篇武俠小說為賣點而得以維持。當然一份報紙的成功，其實還要有多方面配合才能成事。不過買一份報紙，志在追讀連載的武俠小說，也大不乏人。

早期金庸作品由三育出版發行

精彩的武俠小說，讀者追讀，再把它刊出的印成書，可供無法每天追讀報紙的讀者閱讀。最早金庸每三四回便印成書，由他的拍檔沈寶新先生搞發行。當時我在香港上海書局負責發行部，沈先生親自送樣本要求我訂書。我們泰國客戶南美公司是曼谷有名大書商，銷售這類通俗小說最多，每次去貨數以百計。新加坡上海書局對象是學校學生和知識分子，銷路就不及世界書局。後來沈先生同金庸拍檔出版《明報》，金庸的武俠小說就交由「三育圖書文具公司」發行。三育圖書公司老闆車載青，是浙江紹興人，為人豪爽，甚得人緣，書業界中人都叫他為「車大炮」，他一點不生氣。他的書店，羅致了一班舊同事，如胡文華、林永銘等人到他店中工作，他們也都是書業界前輩，精通業務，出版方面由胡文華負責，林則在門市部（林又是南國出版社合伙人，後為《書譜》經理）。金庸作品交他們發行，得到同業幫忙，銷量可觀。那時所印行的小說，封面白底紅字，內文一幅繡像作裝飾，書名題字出自《大公報》陳凡先生手筆。一直到香港反英抗暴後，《明報》被左派列為「暗報」，金庸被罵為漢奸走狗，新版的小說才由金庸自己題字。

《明報》成立出版社，查的作品修改重排，改為廿五開本，增加圖片插頁，每本數百頁，封面裝飾，煥然一新，長篇或四冊、或二冊，短的一冊，包裝精美，均由許國主持，銷量好他應記一功。批發折扣提高為八折，當時行家批發有六五折或六五九一折，最高也只是七折。雖然折扣提高，但他的小說因屢被拍為電視劇，所以很搶手。國內初開放，有人想用一部鳳凰牌單車換一部《射鵰英雄傳》還換不到，真是洛陽紙貴。由於折扣高，小書店取貨要現銀，還要親自派人去取貨，一般熟讀者還得打九折，做這樣的生意賺不到錢，食之無味。但做生意不應酬老顧客又不行，棄之可惜。

這時三育圖書文具公司已不再代印發行。車載青年紀也大了，兒子成為心臟病專科醫生，兩女車小芸、車幼芸都是著名鋼琴家。車於 1976 年把舖以十萬元轉讓給福建人施世築兄的中南圖書文具公司，過退休生活，數年前也大去了。九龍中南圖書公司現址就是老車的三育圖書公司原址。

梁羽生作品由偉青書店出版

梁羽生的武俠小說，最早由九龍偉晴街「偉青書店」出版發行。偉青書店是葉穩裕先生學林書店屬下專門出版武俠小說的出版社，除梁羽生作品，也出版其他作家的作品。葉先生身體肥胖，行家都稱他為「肥佬葉」。他的書店除他夫婦兩老外，還有沈本瑛、鍾珊夫婦。沈主持內部業務和編書，早期為他搞發行的姓錢，人都叫他為「小錢」，後來移民美國，也在那邊開書店，後來的發行是封煜明。葉先生墓木早拱，後人無興趣搞出版。除了偉青書店外，又有文淵書店，出版文學書籍，記憶中侶倫的《窮巷》就是他們出版發行的。

葉穩裕先生還是利通圖書發行公司創辦人之一。其他主要的創辦人是上海書局方志勇、三育圖書文具公司的車載青等，主要促成此事的應該是三聯書店。上海書局雖是華僑資本，但在一般人看起來是左傾書店，三育圖書文具公司沒有上海書局那麼積極，但也染着紅色，所以當時最有實力的上海書局沒有派人參加工作，三個股東同意由沈本瑛做經理，有一說是他創立的，可能有點美麗的誤會。葉穩裕任董事長，上海書局只派他屬下的大中書局汪鑑泉老先生去搞總務等事務工作，發行由車載青向萬里書店挖了高本華擔任。但萬里書店初時並無參加入股，發行除交一部份給他們外，主要還是自己做。當時出書，多為世界出版社、僑光書局等，都認為靠人不如靠己，雖然他們本意是想幫助小同業發展，實則是有關方面想掌握香港更多市場訊息，要在香港以大陸新華書店方式經營。

我對於要把我們辛辛苦苦經營十多年才建立起來的發行網交給別人，雖有偉大的犧牲精神，無異是自行廢棄武功，這樣下去自己的書店，即使不立刻完蛋，也失去了獨立自主，更不利於經濟周轉，因把發行事務交出去，貨款回收不方便，自己經濟周轉也就不那麼方便。因為我反對這種做法，負責人對我很不高興，加之當年中新社的王紀元先生有意叫我去幫他們做編輯，以為我想另謀高就。我本無意離開，但做下去也無意思，索性轉行投入商界，結束了與上海書局十五年的賓主關係。

利通圖書發行公司果不出我所料，初時經營很困難，本來是為發行圖書而成立，結果販賣圖書以外的東西收入更多。不久三育最先退出，上海兩股份也退出來，葉穩裕子女無興趣圖書發行事業，也讓出股份，所以後來這家名字相同的圖書公司，已不是原來的結構了。當然，沒有主持人在二十多年來的苦心經營，下過一番功夫，就不會有今天的光景。過去香港的作者，給出版社出版的書，大多是一次過付稿費，往後再版，利潤歸出版社，但經過若干年後，作者可收回版權。學林書店結束了，別人不能再印。梁羽生先生的作品便交給天地圖書公司出版，新版也改用25開，借鏡金庸長處，美觀大方，可登大雅之堂。香港的兩位大俠，都進入耄耋之年了，當年梁羽生大俠説要退隱園林（編註：梁於2009 年逝世）。金庸是國士，還東奔西跑，時時見報，為商品招商，最近還負笈英倫要讀個學位，這究竟是活到老學到老，還是半生苦被浮名累？路各有不同的走法，想法也各人有異。究竟做隱士幸福快樂，還是做國士幸福快樂？如魚飲水，冷暖自知。

《文學研究》創刊號

為華文文學貢獻兩書商
——上海書局、世界出版社八十年

2004年春天，蕭滋兄通知，周曾鍔想約我品茗。周曾鍔是世界出版社小開，1964年在美國大學畢業後，就被他父親派來香港他家族生意的「世界出版社」和「復興印刷廠」工作。當年香港出版界有一個同業聚餐會，每月舉行一次，由參加者輪流作東，由各單位主要負責人參加，目的在加強同業聯繫和友誼。他與經理陳衛中、發行主任王炳榮一起來參加。我那時代表上海書局出席，周曾鍔剛從新加坡來港，人地生疏，同業也認識不多，所以有點拘謹，雖然年歲我比他大幾歲，但年紀都在三十上下，說起話來，比較投契，也常同席因而稔熟。後來他接手管理「復興印刷廠」，常把私家車泊在我家居附近空地，早晚又常碰頭。但這些年來少見面，我只知他管理下的企業業務發展，而在地產上也賺了錢。

見面時，他說讀了我的《香港文化腳印》二集，知道我對正興公司（世界出版社前身）熟悉，2004年是創立八十週年，想印一本紀念特刊介紹香港的出版界，想派人訪問我。不久由謝妙華小姐約我到北角海逸酒店做了專訪，文章收在《半世紀風雲》——「專訪香港書業翹楚」中，這本書一共訪問四十多人，都是香港書業界的老一輩，書出版時還隆重舉行發佈會。

「正興公司」是周星衢先生於新加坡創辦，初時以售賣年畫、洋畫為主，後來由上海辦來標點小說、流行小說，創立「星洲世界書局」。從售賣而出版教科書、兒童書、雜書和刊物，多年前以「大眾書局」名義在新加坡上市，星洲世界書局、香港世界出版社成為「大眾書局」的子公司，他任「大眾控股集團」主席，目前香港開設十幾二十間門市而星馬則有九十多間，員工數千人，成為大企業，成就驕人。

新加坡上海書局比正興公司遲一年由陳岳書、王叔暘兩人創立，初時他倆人都以推廣國貨、振興實業救國為己任，後來則常代人購買一些「五四」以後上海、北京新出版雜誌如《新青年》……及白話小說如張恨水作品等。後創立上海書局，供應海外關心新文化讀者，後來成為南洋關心國是讀者購買新文化書刊的供應處。期間他們還入股參加胡愈之、王紀元創辦的《南洋日報》，捐款合辦香港《華商報》出版部，出版鄒韜奮的著作《抗戰以來》。惜香港淪陷，他們的捐款則改為幫助撤退香港文化人返內地的費用。

戰後在胡愈之、夏衍的鼓勵下，組織現代版教科書編委會。聘請葉聖陶為審閱；宋雲彬、孫起孟為正副主編，蔣仲仁、傅彬然、曹伯翰、王健、秦似、廖冰等任編輯，新加坡養正中學校長林耀翔、香港大學圖書館主任陳君葆……等為編委。溫平先生辭去星洲《華僑日報》經理工作，負責出版業務，香港則由陳岳書妹夫方志勇打理。

經過三年多進行工作，現代小學課本出版。這套小學課本，以海外華人生活為背景，又為國內外第一流名家編撰，內容全新，文字精練，都是一時之選，所以出版後，一紙風行，不單星馬僑校採用；香港、澳門、泰國、印尼、菲律賓、越南、緬甸、老撾、柬埔寨連歐美僑校也紛紛採用。取代中商、開明、世界課本。香港上海書局因發行這套課本賺了錢，五十年代初由趙克先生為編輯主任，羅琅為發行主任，擴充人力、網羅才俊壯大陣容，出版兒童書、雜書補充教材。

首十年便出版了《現代兒童文庫》包括高、中、低、幼各級共一千本。為香港成立十週年，新加坡成立四十週年獻禮，出版紀念特刊，編印全港出版物「圖書目錄」，為全港獨一無二的資料彙編。

八十年代香港和新加坡上海書局分家，香港歸王家，新加坡歸陳家由第二代人管理，兩地業務日走下坡，不久前還傳出香港上海書局要放盤，未知真假。雖然現在名字尚在，最近該局後人對兩地業務感慨説：「可說千頭萬緒，一言難盡。」又指：「香港上海書局當年旗下有那麼龐大的出版隊伍和網絡，再加上已有一兩萬種的出版物曾在市場上銷售為基礎，若能全盤規劃，制訂長期目標，配合情勢變化，做出正確取捨與穩妥經營，今天要在香港的華文圖書出版業裏，繼續佔有一席之地，應該不是辦不到的事。」

可嘆的是事與願違，星馬、香港都日落暮沉，而乏力前進。香港如此新加坡也如此，至九十年代的困境，有人看到上海書局萎縮到這麼狼狽的境界，就估計大概剩下的日子不多了。

香港上海書局在六十年代踏上全盛時期，勝利沖昏頭腦，把辛辛苦苦經營得來的發行業務交給外人，即採用國內書業經營方式，出版只理出書，發行交給新華書店，這無異自廢手腳，而人才走的走，死的死，應上「福兮，禍所伏」的命運。現在香港上海書局已不存在，實在可惜。

新加坡上海書局今年還在慶祝創立八十週年，但名稱已在「上海書局」之上加上「中圖」兩字，變成「中圖上海書局」，名不副實，慶祝八十週年應是舊名，加上大陸中國圖書公司新名則哪來八十年呢，怪哉！新加坡上海書局已經結束多年了。

香港上海書局

香港上海書局 1947 年時是作為新加坡上海書局編印課本而設的辦事處。五十年代課本面世發行，才正式註冊為香港上海書局，代新加坡上海書局、泰國南美公司，及南洋各地代辦圖書的機構，接着設立雜書編輯部，開始出版兒童叢書。出版物多了便設立發行部，向學校、同業推銷，建立發行網。1965 年新加坡上海書局慶祝四十週年。香港則由正式成立日起計，慶祝十週年（若計算代星編課本則應為十五週年）漸入花甲之年了。

上海書局出版的兒童書分高中低年級出版，總的名字叫《現代兒童叢書》。當時詩人柳木下、麗的呼聲講兒童故事的劉惠瓊、畫家曹平（吳靄凡）、麥秋適、巴丁、關朝翔醫生……等人都供應稿件。後來《文匯報》副刊主任廖一原先生又協助編印定期每月一回的《少年文叢》，接着編印《現代兒童文庫》（內容高、中、低、幼各級合共一千本），特製鐵書架加玻璃門，供應各學校採用，而《現代兒童叢書》各級又製木櫃裝置，一如過去裝廿四史各史一箱形式發行，很受學校、家長歡迎。當兒童讀物有了一定數量，又邀請吳其敏主編《中國古典文學叢書》、自己選編《作家與作品叢書》。中國部份有莊子、屈原、司馬遷、李白、杜甫、李煜、蘇軾、關漢卿、曹雪芹，由《大公報》的陳凡先生作序。外國部份有奧維德、莎士比亞、歌德、巴爾扎克、陀思妥耶夫斯基、托爾斯泰、莫泊桑、左拉、屠格涅夫、羅曼羅蘭，由葉靈鳳先生作序。每冊二三百頁，大度25開，又出版《世界文學名著袖珍叢書》如《戰爭與和平》、《復活》、《紅與黑》、《莎氏四大悲劇》、《約翰克利斯朵夫》……等。巴金先生經港見過這套書大為讚賞，並寫信給余思牧先生說：「我上次過香港時看到一些袖珍版的翻譯書，如《復活》等，都是根據國內譯本重排的。因此我想如果根據新版排印一種《激流三部曲》的袖珍本……。」

後來又用外國《企鵝叢書》、《七海叢書》、台灣《文星叢書》開本編印《現代文叢》，出版香港作家作品數十種之多。此外在文集方面編選《中國歷代詩選》三冊、《中國山水田園詩詞選》兩冊、《中國歷代短篇小說選》三冊、《中國歷代散文選》兩冊、《中國民間故事選》十多冊都是25開巨冊。……還有歷史、地理，各書種共數千冊。

在香港許多著名作家如曹聚仁、葉靈鳳、高貞白、余思牧、陳君葆、吳其敏、阮朗（唐人）、馮明之、吳羊璧、余思牧、陳凡、高旅、黃如卉、金依、廖一原、何達、夏易、梁羽生、海辛、劉錫祥、張春風、容穎（卓琳清）、朱克、黃蒙田、吳令眉（羅孚）、蕭銅、韓潮（羅琅）、吳靄凡、柳木下、劉惠瓊、李唐、陸無涯……等還有國內的陸丹林、常君實、王映霞、錢君匋、秦牧……真是作家如林，陣容鼎盛。他們許多出版物都被台灣買去改頭換面翻版。

上海書局屬下的出版社還有宏業書局、益群出版社、文苑書局。分支機構「中流出版社」及附屬出版社「新藝出版社」、「建文出版社」、「進修出版社」、「基本書局」、「大中書局」、「日新書店」及「新月出版社」等。中流重印魯迅逝世紀念委員編印的《魯迅三十年集》三十多冊，租用紙型重印開明文選二十多種，外國翻譯作品《一千零一夜》，及狄更斯、奧斯丁、歌德、高爾基、果戈里、勃朗特、梅里美、亞美契斯、雨果、凡爾納、泰戈爾等譯本。

此外上海書局還參股投資「學文書店」（後改名為大光書局、信誠書局、廣泰書局）、利通圖書公司、天地圖書公司等機構，六十年代與麗文出版社合作出版《文藝世紀》雜誌及《茶點》，前者維持十二年之久，後者維持數年。所以有人估計香港上海書局本身加上其開枝散葉機構，有份投資單位，總計出版物約有一兩萬種之夥。出版種類繁多，淨是文學、文藝方面種類林林總總，甚為可觀。這對海外讀者影響很大，而經香港上海書局鼓勵提攜的青年作家，為他們出版第一本書，至現在卓有成就的為數也不少。

世界出版社

香港世界出版社1949年在香港成立，初時的業務是為星洲世界書局在港的辦貨機構。中國解放，一向供應海外華校的課本，書籍因意識形態變化，有的中止供應、有的不能適應海外而被禁入口，因此他們亦為適應華校需要出版課本。起步雖比上海書局遲，也在港出版兒童青少年讀物和通俗文學作品，定期雜誌如《婦女與家庭》、《世界兒童》、《好兒童》、《世界少年》、《南洋文摘》等。同時代理《南國畫報》、《香港影話》、《國際畫報》……等，主要走的是通俗、大眾路線，讀者對象不同上海書局。

香港世界出版社有自己的印刷廠，他們在南洋有廣大的發行網。為了供應自己的門市在港自行排印四大古典小說三國、水滸、紅樓及西遊，還選擇長期流行的標點小說排印。其間又成立「香港文學研究社」，有系統地選編「五四」以來新文學作家的選集；這些作家只要在文壇上有地位的，不理左派右派或只是在右派機構做事的，兼容並列，這比只出版左派的作家的銷路更大。

非左派作家如劉以鬯、蔡元培、徐志摩、梁實秋、錢鍾書、林語堂、夏丏尊、朱光潛、謝冰瑩、張秀亞、李惠英、易君左、朱湘、丁玲、胡適、周作人、梁容若、陳紀瀅等的作品與左派的也列入，曹聚仁著《文壇五十年》正續，他老先生喜講實話，大陸不滿意，他們照樣出版發行。

他們出版由常君實先生編輯、譚秀牧花幾年時間整編《中國新文學大系》續編十巨冊，又重印舊版《中國新文學大系》全套。文革期間重印解放後出版的《魯迅全集》、《魯迅日記》、《朱自清全集》四冊、《茅盾文集》十冊、《魯迅小說集》……等，供應海外香港大專院校。

「海濱圖書公司」出版許多香港流行通俗小說。在外國文學方面，選編契訶夫、莫泊桑、泰戈爾、馬克吐溫等人的選集，大仲馬《基度山恩仇記》、歌德《少年維特的煩惱》、亞米契斯《愛的教育》……等。

甘豐穗任編輯時請人將文學巨著《戰爭與和平》、《安娜卡列尼娜》、《死魂靈》、《父與子》、《復活》、《羅亭》等舊俄作品，《雙城記》、《虎魄》、《戰地春夢》、《八十日環遊世界》等英、美、法作品及《紅樓夢》等中國作品，改成節本，以利學生閱讀。

上海書局與麗文出版社合作出版《文藝世紀》，在星馬很受歡迎，周星衢老闆來港時見到譚秀牧，對他說：

「香港沒有面向南洋的正式文學刊物，而南洋又因條件問題缺乏本身出版書業，所以當地文化人的作品出路不多。」他「深感南洋需要一份如《小說月報》的刊物」，提議由譚兼辦一本類似的文學雜誌，發表南洋作品，這就是《南洋文藝》誕生的原因。內容除有南洋作者作品外，大部份是香港作品，舒巷城的小說《太陽下山了》，便在那裏刊出。可惜出版了兩年，南洋稿源出問題，譚秀牧又另有高就，宣告停刊。

世界出版社在香港曾創下每天出一本新書的紀錄，當年他們還直接向台灣入口書籍，供應香港圖書館，又從外國進口英文書，供應大眾書局二十多間門市部，生意愈做愈大。近年還與台灣、大陸成立合資公司在兩岸大展拳腳，形勢大好。

世華浮沉

從上世紀五十年代起，兩家創業於新加坡的華資書商，來香港創立辦莊開始，去年前年相繼舉行慶祝創業八十週年。香港上海書局，原為新加坡的分號，香港名字尚存，但現在新加坡的名稱已是「中圖上海書局」了。未加上「中圖」名字之前，星港兩間已不從屬了。

香港世界出版社原屬新加坡世界書局名下機構，但整個集團用「大眾書局」成為上市公司，名下星港共有百多家分號如麗日中天，陣容壯大，繼續發揮光熱。

新加坡上海書局與香港早已一分為二、各自獨立，但兩地都早被暮氣籠罩，香港日見淡出書業，新加坡上海書局已不再純是陳氏家族獨資，陳家已退出老生意了。

大眾書局慶祝八十週年周曾鍔先生說他的格言是「必須全情投入竭盡所能」，又說：「我不認為成功背後沒有甚麼秘訣，經商基本條件在能正確運用你的常識，你必須對產品需求以及相關情況十分了解，然後再去滿足市場對這種產品的需求。」我則認為最重要還是舵手人才和內部團結。

新加坡上海書局今天已非昔日舊亭台，昨是今非，夕陽西下，難免令人扼腕傷心。上海書局第一代人除已故者外，留下的年紀越來越大，而子女各有自己事業，無法接班，只好與人合作而易名。香港情況也大致遇上這樣困難而淡出業界。

由此可見古話說：創業難，守業更難的道理。要能繼往開來，承先啟後，重要在人才和主持人的魄力，而領導機構也得有團結精神才能事功。

但無論如何，這兩大華資書商，從二十世紀三十年代起，對海外中國文學都做過重大的貢獻，對傳播中華文化，促進文化繁榮，人文精神作育社會英才棟樑貢獻良多，意義重大，功不可沒。

1914 年新加坡怡和軒俱樂部的刊物《怡和世紀》，朋友寄給我剪報，是陳蒙志兄寫的文章：

「新加坡華文書商，為了大規模出版運作的需要，也在香港培育了不少作家、畫家、編輯、發行、宣傳和推銷等各方面的人才。就可查獲的資料，由上海書局系統出身，在出版界較為人們熟悉的，就有前香港作家聯合會會長的羅琅；來自澳門前《廣角鏡》雜誌總編輯、現任『天地圖書公司』董事長的陳松齡；前出身上海書局曾任《七十年代》、《九十年代》雜誌總編輯、現《蘋果日報》特約撰稿人的李怡；『中流出版社』的總經理兼總編輯的龐建華，以及參加抗日戰爭已故總編輯趙克；還有畫家歐陽乃霑、魏冲等。」羅琅早已退休，但他在香港組織的有幾十年歷史的「鑪峰雅集」還活躍，真天意也。

從辦館到大型出版社

——談五六十年代的香港上海書局及香港出版業

2012 年，我們開始研究上世紀五六十年代的一段「星洲——香江」書業歷史，訪港前夕特地通過電郵，請小思老師為我們介紹當年在香港曾參與其中的前輩。小思老師在回郵裏寫到：「說到當年星港兩地的書籍，你一定要訪問曾在香港上海書局工作過的羅琅先生。」

翻閱《上海書局 80 週年》紀念冊，我們也讀到香港三聯集團名譽董事長藍真說的一句話：「在羅琅先生主持下的發行部也功不可沒。」

那是我們第一次看到「羅琅」這個名字。

行前拼足勁做功課，發現羅琅還有其他筆名。他用其他筆名，寫下了兩本《香港文化腳印》，憶述香港 1940 年代以來開設的大小書店及其特色、當年出版的書籍與刊物，以及各式各樣的兒童讀物，一步步地帶着讀者認識香江書業。

在香港，我們見到羅琅，聽他娓娓敘述六十年前在香港上海書局任發行主任的日子。羅琅於 1950 年初加入香港上海書局，主要負責發行工作，也做過一些編輯事務，對上海書局的經營瞭若指掌，從兒童讀物、小學教科書，到文學系列、自學叢書，在《香港文化腳印》（兩冊）中均有談及。

當讀到羅琅回憶當年上海書局為應付新馬當局的禁令而下的「改裝」功夫，我想起藍真在上述紀念冊中的評價：「除擴大本版圖書之發行外，羅琅先生想方設法細心挑選內地出版物，採用各種方式，通過各種渠道，分別發至各地，從而又進一步增進與海外同業的聯繫。」藍真繼而慨嘆道：「這是當時一些書店，包括三聯書店和新民主出版社所不能及的。這是多麼難能可貴的事！」

自那次開始，我們每到香港，都與羅琅先生會面飲茶。每每向他請教，他都不厭其煩地細細道來。令人印象深刻的是，羅琅雖於 1965 年已離開香港上海書局，但他一直是香港文化界的一員，為數家報紙撰寫專欄，亦任鑪峰雅集會長多年。半個世紀後回顧這兩家來自新加坡的大型書局時，反而能以一個局內人 / 局外人的角度，去評價這兩家南洋書局對香港文化的貢獻，以及它們之間的同與不同。

今天我們依然保留着羅琅的一份手稿，這是他第一次受訪後送給我們的，內容寫的正是「為香港文化作出貢獻的兩個出版機構」，即來自南洋的香港上海書局和香港世界出版社。在草稿的最後一段，羅琅寫道：「無論如何，這兩大出版商，對海外中國文學做出過重大貢獻……，這不止是星馬南洋讀者受惠，而且香港的許多讀者也曾從他們出版的有益文學作品中汲取營養，成為社會棟樑——學者、專家。」

讀着這段評價文字，我們愈發感到，文化需要有人去記錄、去講述，以讓後來明瞭其中的意義所在，惟當如此，才懂得如何珍惜，才會去盡力傳承。

訪談記錄

日期：2012 年 8 月 27 日

地點：受訪者家中

受訪者：羅琅

訪問者：章星虹 簡稱章

攝影：吳清輝

一、從打散工，到進入書局工作

章：曾聽您説過，您自小在廣東潮汕地區長大，不滿 20 歲就來到香港。雖然打散工，但您從未停止自修讀書，充實自己。因此進入書局工作，既是生命中一個大轉機，也似乎是順理成章的。

羅琅：我是廣東潮陽人，1931 年出生。七八歲的時候讀小學，沒有多久日本人來了，書就沒有讀了，生活艱苦，家裏祖父母、父親都去世了，母親一個人養活我和妹妹，我從小到商店裏打散工，因為上過小學，能認得一些字。小時候喜歡在街頭巷尾看報，聽人説標點小說裏的故事。也幫人寫一些回信。日本投降以後，考入了全市最好的市立中學讀書。從那個時候，我開始接觸新文藝，在圖書館讀到巴金、冰心、郁達夫等五四作家的小説和散文，所以喜歡文學。

可是，國家內戰時期，金圓券貶值，母親的小生意根本無法為我付學費，那個時候國民黨開始抓壯丁，把年輕人捉上船，然後把他們的眉毛剃光，這樣你走到哪裏人家都會看到是個逃兵。見到這樣，母親叫我趕快跟着朋友逃走。

就這樣，我跟着朋友來到香港，投靠姑媽。在香港生活的姑媽，家境拮据，我出去打散工。不過在公餘的時候，我總會到書店看書，俗稱「打書釘」。1951 年，我 20 歲，上海書局總編輯趙克介紹我進上海書局工作。當時主事的是方志勇，他覺得我只是一個沒有太多文化的人，就叫我管寫信，擬廣告稿等工作。就這樣做了半年，月薪港幣 80 元，我當時甚麼都做，也去學學發行。半年後，我升為圖書發行主任，月薪一下子跳到港幣 150 元，幾近翻了一番。

在上海書局，我可以說是一路風順，店裏差不多所有的事情我都會做，除了會計之外。我是負責發行，擔任圖書發行主任。編輯書籍，我也做過好多年。

那時我自知文化水平不足，因此下班就去讀夜學。那時下午五點鐘就可以下班。我讀的那間夜間學校名為「中華業餘學校」，簡稱「中業」，是一間左派夜間學校。

二、在上海書局負責書籍發行，熟悉新馬地區書業市場

章：您當時在上海書局擔任圖書發行工作，想請您談談具體負責哪些工作。

羅琅：我工作的香港上海書局成立於 1947 年，是新加坡上海書局設在香港的辦館，負責訂購大陸香港書籍，然後運回新加坡銷售，另一家同樣來自新加坡的書局是星洲世界書局，在香港的辦館名為「香港世界出版社」。

我剛入行時，香港的書業還不是特別發達，東南亞市場的需求很大。誰有那邊的市場網絡，誰就能做得很大。當時的香港上海書局，就有這樣的市場網絡，因此生意做得很大。它是靠 1947 年推出的一套課本做起來的。即《現代小說課本》，當年一經推出就大受歡迎，不僅長期供應新馬地區，

香港學校也有採用。

在上海書局，發行的工作差不多都是我負責的，這讓我對於新馬的市場非常熟悉。做海外發行，需要預測市場的需求：進貨太多，那邊賣不完，就會呱呱叫。反之，訂得太少，書一到就賣完，回頭再添，一來未必有貨，二來即便有貨，下一班船從香港開出到新馬再轉到東南亞各大城市，快的需時半個月，慢的要整個月才能到達市場補充。這些都不是容易做的工作。

此外，當年書局進書，無論是左派還是右派出版社的書，都送來給我審閱，以決定是否進貨。審查書籍的具體工作，就是要看每一本書的簡介、序言、後記，當然還有正文內容，看是否適合市場的需要，尤其是東南亞市場的需要。

所以那時我每天都接觸很多書，包括文藝書籍、哲學理論、小品散文這一類的書。

三、去除「政治敏感詞」，方能進入新馬市場

章：您提到當年的具體工作之一是審查書籍，看每一本書的簡介序言、內容、後記，以確保它「適合市場的需要」。聽新加坡的書業前輩說，當年「禁書令」下書商都有個單子，列明一些政治敏感詞；換言之，凡是含有這類政治敏感詞的

書，都不能進入新馬市場。

羅琅：當年香港出版物在香港市場並不暢銷，市場份額很小，主要是依賴新馬地區南洋整個市場，比重相當大，可是自中國大陸於 1949 年 10 月政權易手，中華民國變為「新中國」，新馬地區和東南亞國家的政府，就開始不同程度地禁止或取締內地出版的書籍。這些東南亞國家包括新加坡和馬來亞聯邦（當時兩地合稱馬來亞）、印度尼西亞、泰國、菲律賓、柬埔寨、老撾、緬甸等等。

要打入這些國家的華文書籍市場，一個關鍵點就是把書籍中的「政治套語」清除掉，讓文字讀起來比較中性。也就是說，有很多字眼，是要事先處理的，否則即便運到新馬和東南亞一帶也會被打回頭。因此，這個書籍審查的工作就顯得非常重要。

當時最常出現的「政治套語」，包括「毛澤東」、「革命」、「祖國」（中國）、「地上」、「資本家」、「階級鬥爭」、「蘇聯老大哥」、「社會主義大家庭」等等。有時候本來內容沒甚麼問題，可就因為摻入了這類政治套語，這些書就成為禁書。因此，審查和修改大陸書籍，就成為當時首要的工作，我將之稱為「改裝」。這種工作很大量，因為一個詞都不能漏，有時會因為一個詞疏漏了而不能進入海外市場。

當時「改裝」大陸書，有不同的做法：若是書的扉頁或序言裏含有敏感的政治詞語，就比較簡單，直接把扉頁或序言撕去；但若敏感詞語出現在內文，那就麻煩很多，需要塗抹或改寫，比如把「祖國」改為「中國」，「鬥地主」要改為「鬥壞人」，「資本家」改為「財主」，「人民」改為「百姓」等等。

說到禁書標準，不同國家和地區，當年有不同的禁書標準。有時候同一本書，英文版可以暢行無阻，中文版卻被禁止。最有趣的是，在新加坡，毛澤東選集的中文版絕對不可以進入，可英文版卻暢通無阻！

四、從辦館到出版社的轉型

章：在這段五六十年代的星港書緣中，「紙型」這個詞常常出現。我們現在已經看不到這類紙型。

請您具體解釋一下。

羅琅：在 1950 年代初期，香港上海書局作為新加坡上海書局的辦館，從香港辦回去的書都是大陸書，香港本地印刷出版的書籍其實並不多。這是因為當時香港的出版業不發達，圖書市場也小，除了學校教科書以外，就是通勝、日曆，還有一些粵曲、標點書等等，最常見是《羅通掃北》、《薛仁貴征東》這類的書。

回想起來，若不是因為新馬地區的書禁愈演愈烈，世界出版社的周星衢老闆也不會提出想香港三聯書店租借紙型；若周老闆沒有提出這個建議，香港出版業也沒有這麼快遇上轉機——

1958年左右，鑒於新馬當局的「禁書」規模擴大，數十家大陸書店的書籍不被允許進入新馬。在周老闆的建議下，當時代理內地出版物的香港三聯書店，整理出舊時出版物的紙型名單帶到香港，租給願意出版的人。這些紙型都是1949年以前開明書店、中華書局、商務印書館、上海世界書局等的紙型，分屬不同出版社的資產。1949年以後，這些書都不適宜在中國內地出版了，書店架構也起了根本性的變化，因此這些舊紙型都封存了。直到三聯書店整理之後，才提供給香港的出版社翻印。

因此從那時開始，有能力做出版的香港出版社，大多都會向三聯租用紙型——從紙型名單上選出適合的書籍，跟三聯簽個合同，付一點錢，就可以開印了。三聯的確是辦了一件大好事，當時的經手人藍真先生為延續中華文化應該説是有功勞的。

當時上海書局跟三聯簽的第一份租借紙型的合同，就是我簽的。記得我為上海書局挑選的第一套書，是開明書局的一套作家選集。這些選集後來幾乎都出版了，即後來中流出版社出版的那些書。

當時不同的出版社，租用的紙型都不一樣，因此不會有重疊的現象，比如說世界書局多選代數幾何之類的數理化書籍；萬里書店選的是文學書籍，包括冰心小說選、冰心散文選等等。可惜的是，這個租借紙型的做法，一到文革開始就全面停止了，紙型也全數運回內地。

五、香港上海書局當年的運作：開設不同出版社

章：香港上海書局當年出了很多華文書籍，除了用紙型印刷舊書，也自設編輯部編輯新書。

羅琅：上海書局是一家中間偏左的書局，主事的人是方志勇和王叔暘，他們都是中國的政協委員。尤其是方志勇，他是上海書局老闆陳岳書老先生的妹夫。在他的主持下，五六十年代上海書局最為鼎盛，在香港出版界，其出版物之多、發行量之大，除了世界出版社外，是首屈一指的。

除了直接辦書、租印紙型這兩個途徑以外，上海書局也設立有自己的編輯室，自己編書，主持人是趙克先生。下面有編輯林愛蓮、李怡等。承繼 1940 年代末編寫課本《現代小學課本》的成功，上海書局後來又編寫了一整套兒童文庫《現代兒童叢書》，共有 1,000 種，當時很受歡迎。

編輯文學叢書也是上海書局編輯部的強項之一，陸續出版的有《中國文學叢書》、《現代文叢》、《作家與作品叢書》、《袖珍本世界文學叢書》等。

上海書局旗下的主要出版社包括中流出版社、南星書局、大中書局、日新書店、文教出版社，還有「副牌」如宏業、進修、益群等，各有自己的出版重點。比如，1957 年成立的中流出版社，將中國內地出版的新出版物，通過改寫改編，然後銷往東南亞。此外，上海書局也曾出版過數本雜誌，比如《文藝世紀》、《茶點》、《新語》等等。

六、上海書局與世界出版社：同與不同

章：細看這兩家書局的出版與運作，就會發現這兩家書局雖然同是來香港印書，但實際上兩家的經營方針、市場地位都是頗為不同的。

羅琅：至於這兩家書局的不同之處，我在 1997 年出版的《香港文化腳印》第二集裏提過。相比之下，世界出版社比較開放，也很注重銷路，因此出版物只要適合市場需求，他們就出版。

說到出版傾向，世界出版社是以海外的文化需求為考量，而不是聽命於香港三聯書店。

比方説，對「新中國」來説，胡適、周作人、林語堂、徐志摩、梁實秋、謝冰瑩、易君左和丁玲這類的作家，是不會出現在作家名單上的。不過世界出版社從海外觀點來看，認為這些人都是新文學運動的著名作家，因此在以「香港文學研究社」的名義出版《中國新文學叢書》時，把他們的作品都包括在內了。不僅是他們，這套叢書其實涵蓋了內地、香港、台灣作家的選集，只要他們在中國文學上有成就，就入選。當時香港選入的作家就有劉以鬯、舒巷城等。

後記

2006年我曾以此書文章申請藝術發展局資助出版，未果。其後身體抱恙，一擱十年。去年「鑪峰雅集」聚會和文友楊健思談起，認為香港文化界名人輩出，隨時光流逝，記憶漸忘，有湮沒之虞。故有必要將香港文化記憶重提，以致後輩有更多機會知道前輩文人的艱苦經營。此書所記之文化人、文化事，都曾為香港此小小島嶼增添瑰麗色彩。筆者已屆八十七高齡，趁記憶尚好，推出此書拋磚引玉，還望文化界朋友繼續整理香港文學資料，推廣香港文學。2019年「鑪峰雅集」將慶賀成立60週年，出版《鑪峰文集2019》猶具記念性及意義，希望屆時一眾鑪峰文人支持。特別感謝劉以鬯先生及夫人，已答應讓我登載〈淺談短篇小說〉一文。劉公百齡之壽，仍然非常關心香港文學發展，於我，是莫大的鼓勵。

過去十多年我每年編輯《鑪峰文集》，邀請香港名作家撰稿，為香港文學加點材料。營營碌碌幾十年，做的雖然只是文化的跑龍套，但對於香港文化，算是有了點留痕。我很感謝一直愛護我、支持我的文化人吳其敏、吳羊璧父子、羅孚、陳凡、高旅、梁羽生、黃蒙田（黃茅）、黃永剛、鄭家鎮、舒巷城、陳松齡、張初，陳實、莊善春、藍真、劉以鬯、盧瑋鑾（小思）、蕭滋……等等各方好友。這些朋友們對我的情誼，我是畢生感激難忘的。還有非常感謝天地圖書公司的陳松齡先生及其同寅鼎力相助，以及一直鼓勵我出版的楊健思女士，使此書得以順利出版。

羅琅 2017 年夏

香港藝術發展局全力支持藝術表達自由，本計劃內容並
不反映本局意見。

天地
www.cosmosbooks.com.hk

書　　名　香港文化記憶
作　　者　羅　琅
編　　校　楊健思
責任編輯　郭坤輝
美術編輯　郭志民
出　　版　天地圖書有限公司
香港皇后大道東109-115號
智群商業中心15字樓（總寫字樓）
電話：2528 3671　傳真：2865 2609
香港灣仔莊士敦道30號地庫／1樓（門市部）
電話：2865 0708　傳真：2861 1541
印　　刷　亨泰印刷有限公司
柴灣利眾街德景工業大廈10字樓
電話：2896 3687　傳真：2558 1902
發　　行　香港聯合書刊物流有限公司
香港新界大埔汀麗路36號中華商務印刷大廈3字樓
電話：2150 2100　傳真：2407 3062
出版日期　2017年12月 初版 · 香港

ISBN 978-988-8258-28-4